KB095750

이화정 지음

아름다움 수집 일기

오늘도 사랑할 준비를 한다

책구름

독자에게 반짝이는 등대가 되어줄 책, 사람

젊었을 때 상상하던 50대는 버스 빈 자리에 가방부터 던지는 '아줌마'였다. 내가 그 나이가 되어보니 빈자리가 보이면 가방 아니라 신발이라도 던진 다음 그 자리에 몸을 맡기고 싶을 때가 많다. 그러나 그게 다는 아니었다. 50대가 되니 세상의 아름다움도, 사랑할 대상도 더 잘 보였다. 결국 이 세상에서 가장 아름다운 것은 사람과 사람 사이의 관계라는 것도.

아름답게 같이 늙어가자고 손을 내미는 사랑 가득한 50대 작가가 있다. 북 코디네이터인 작가는 주부, 아내, 엄마, 직업인의 평범한 일상을 절대 평범하지만은 않은 시선과 결기로 살아가는 이야기를 풀어내면서 독자들에게 손을 내민다. 우리 함께 아름다움을 수집하며, 자신과 주변과 이 우주를 사랑할 준비를 하자고. 50대는 참 괜찮은 나이니까 겁먹지 말고 쫄지 말고 함께 나가자고. 손잡고 연대해서 아름다운 관계를 만들어 나가자고 권한다.

내가 이 책에서 처음 접한 글은 〈26장 타인을 위한 눈물 총량의 법칙〉이었다. 나의 아버지가 돌아가셨다는 소식을 듣고 작가가 조심스럽게 건넨 초고 단계의 원고였다. 그 글을 읽고 난 뒤의 느낌을 저자의 말을 빌려 표현해 보련다. '말로는 설명할 수 없는 감동을 어설프게 풀었다가 그 가치를 훼손할까 봐 겁이 난다.'

그랬다. 글을 읽으면서, 이후로도 저자의 글이 내 마음과 몸 전체를 가득 채워주었던 따뜻함과 위안을 서투른 내 말로 테두리를 긋고 싶지 않았다. 내가 번역한 책을 좋아해 준 독자와 번역자로 시작해서, 그의 글을 좋아하고 기다리는 독자와 저자로 이어져온 그와 나의 관계가 한 겹 더 두터워지는 듯했다. 서로에게 자신의 취약함을 보여주기를 망설이지 않고, 그 취약함을 깊이 느낀 후 연민과 공감을 공유하는 데서 오는 단단한 유대. 그는 그와 대화를 나누고 그의 글을 읽는 사람과의 관계를 깊고 넓게 만드는 사람이었다.

이 글을 쓰면서 내가 가장 좋아하는 글은 어떤 챕터일까 생각해 봤다. 일단 '눈물 총량의 법칙'은 막강한 후보. 막 성인이 된 자녀가 "엄마가 최선이라고 여긴 거지, 우리가 원했던 건 아니었어요." 라는 문장에 내 아이들의 목소리가 겹치면서 심장이 쿵 내려앉았다가, 작가가 물방울무늬 찻잔에 커피를 마시고, 취향에 맞는 옷을 입고 흡족해 하면서 자신이 '언제 뭘 할 때 기쁜지 스스로 탐구'해가는 여정을 보면서 함께 위로를 받았으니 〈8장 세상의 모든 푸른 빛깔과 물방울무늬〉로 할까?

좀 더 아름답게, 좀 더 성실하게 살고 싶지만 이불 밖으로 나서고 싶지 않을 때 박카스처럼 마시려고 표시해 둔 〈15장 부지런한 사랑, 해독주스〉? 50대의 몸이 삐거덕거려서 마음이 우울할 때 읽고 '내 몸에 다정하게 말을 걸고, 내 몸을 사랑하는 법을 배울 수 있는' 〈14장 내 몸을 존중하는 요가〉? 제목부터 위로가 되는 〈22장 마음이 허기진 날엔 쌀국수〉는 어떻고? 혹은 딱 한 챕터를 읽은 내 남편이 "어떻게 연필 하나를 가지고 이런 글을 풀어냈을까!" 하고 감탄했던 〈3장 연필이 품은 단어〉는?

아니, 아니다. 이 책의 모든 글은 내 마음과 내 몸 상태에 따라 나를 다독이고 싶을 때, 내 마음을 잘 이해하는 친구의 다정한 목소리가 필요할 때 한 챕터 한 챕터 골라 읽을 수 있는 무지갯빛 자기계발서다. 그렇게 생각하니 이 책은 추위가 닥치면 꺼낼 따뜻한 털장갑이나 벚꽃이 피면 신고 나갈 하얀 운동화 같다. 세상의 추위와 마주할 때 작지만 단단한 내 방패가 되어주고, 기쁘고 아름다운 경험을 더 고양시켜줄 도약판 같은 책. 아마 이 책을 읽는 독자들도 저마다 자신을 위한 처방전처럼 챕터 옆에 메모해나가지 않을까? 50대가 될 후배들, 같은 시간대를 건너는 모든 이들에게 반짝이는 등대가 되어 주리라 확신한다.

한 가지 주의사항이 있다. 그는 아무나 다 친구로 삼지는 않는다. 자신을 '까칠하고 할 말은 하는 50대'라고 소개한다. 이 책 한 번 읽어봐라, 저 나무를 한 번 더 쳐다봐라, 국어사전에서 이 단어의 몇 번째 의미를 찾아봐라 등 그냥 멍하게 앉아만 있어서는 좀처럼 그의 친구가 될 수 없다. 하지만 너무 좋은 시, 너무 좋은 책은 자기만 알고 싶다고 입을 쭝긋하다가도 옆구리만 툭 쳐도 후드득 모두 쏟아내 버리는 인심 좋은 친구, 그야말로 나만 알고 싶은 친구지만 나만 알고 있기에는 너무 아까운 친구이기도 하다.

그의 진심, 심장이 담긴 책을 추천하는 것은 한 사람 자체를 추천하는 것과도 같다. 자, 자랑스럽고 존경하는 내 친구, 내 동료, 내 선생님, 이화정 작가를 여러분께 소개합니다.

– 김희정, 《랩 걸》 번역가

아름답고 힘찬 반전

사춘기보다 지독한 40대 질풍노도의 혼란을 뚫고 나와 겨우 정신을 차렸을 무렵 쉰이 되었다. 50이라니 속절없이 나이만 먹었다는 생각이 비집고 올라올 때마다 고개를 저었다. 50대를 야심 차게 시작하겠노라 많이도 다짐했었다. 내 인생, 이제야말로 제대로 살아보겠다고 큰소리치기도 했다. 물론 인생이 뜻대로만 흘러가지 않는다는 걸 모르지 않았다. 나에게 해당하지 않기를 바랐을 뿐이다.

그렇게 쉰이 되던 2020년, 누구도 비켜 가지 못할 불운이 짙은

황사처럼 세상을 덮쳤다. 코로나19 바이러스 사태로 일상이 엉망진창이 되었다. 이제 좀 일거리가 들어오나 싶었더니 강의가 취소되었고, 모임을 열기도 어려워졌다. 남편은 병마와 싸우는 중이었고, 대학생인 두 아이가 온라인 수업을 하면서 집안일은 더 늘어났다.

바이러스에 대한 막연한 공포에 휩싸이고 언제 어떻게 될지 모른다는 생계 걱정에 짓눌릴 때마다 당장 내 손으로 해야 할 일들을 해나가기 시작했다. 서랍을 엎어 정리하고, 쌓아둔 자료들을 파일에 끼워 넣었다.

다행히도 온라인으로 전환한 독서 모임은 차질 없이 이어졌다. 내가 운영하는 독서 모임 중 '반짝이는 달력 모임'에서는 매달 시화집을 함께 읽었다. 윤동주의 시 〈산림〉 중 '나무 틈으로 반짝이는 별만이/ 새날의 희망으로 나를 이끈다'는 구절을 보고 6월 모임 주제를 정했다.

2020년 6월, '틈새에서 반짝이는 것들을 찾는 달'

"날마다 한 가지씩 사소하고 일상적인 것들 사이에서 반짝이는 것을 찾아주세요. 차곡차곡 30개의 목록을 만들어 보세요. 우리가 함께 모은 300여 개의 반짝임들이 쏟아지는 상상을 해 보세요. 지치고 무거운 일상이 환하게 밝아지는, 아름답고 눈부신 광경을요!"

어떤 날은 아예 찾지 못하고 밀린 날도 있지만 회원들 모두 즐거워하며 동참했다.

6월 한 달 간, 내 앞에 놓인 작은 주황색 노트를 매일 펼쳤다. 휴대용 연필깎이를 왼손에 그러쥐고 짤막해진 연필을 구멍에 넣고 힘차게 돌려 깎았다. 매끄럽고 날카롭게 다듬어진 연필을 들고 글을 쓰기 시작하면 온갖 걱정거리와 우울한 마음이 사각사각 소리에 바스러졌다. 연필이 뭉툭해져 갈수록 뾰족하던 마음의 모서리가 부드러워졌다.

거대하고 웅장한 자연, 화려하고 이국적인 풍경을 흠모하며 그런 압도적인 아름다움은 여행지나 영화 속에서만 만날 수 있다고 생각했다. 그런데 애정 어린 시선으로 주위를 둘러보니 아름다움은 도처에 널려 있었다. 흔하지만 새롭게 발견한 구체적인 아름다움 앞에서 혼자 기뻐하며 웃음 지은 적이 많았다. 버스 정류장을 향해 뛰어가다가 발걸음을 돌려 신기한 식물을 다시 보러갔던 아침이 떠오른다. 얇고 부드러운 주머니를 한껏 부풀린 초록 방울들이 울타리에 대롱대롱 매달려 있었다. "너, 정말 예쁘구나!" 인사를 건넸다. 그날 하루의 시작이 눈부셨다.

쉰에, 그것도 절망뿐이던 코로나 시대에 섬세한 아름다움이 지배하는 일상을 살게 될 줄 예상하지 못했다. 아름다움이라는 말이 남용되어 정작 아름다운 대상을, 아름다움의 빛을 가리는 건 아닐까 염려스러울 정도였다. 아름답다는 말만으로는 부족해서 말문이 막힐 때도 있었다. 조용하고 은밀한 환희의 날들이었다.

흩어져 있는 아름다움의 조각들을 하나둘 모으기 시작하면서 알게 되었다. 내가 좋아하는 것이 셀 수 없을 만큼 많고, 마음먹기에 따라 더 자주 행복할 수 있다는 것을.

사소하고 흔한 것들 사이에 귀엽고 사랑스럽고 애틋하고 아름다운 존재들이 살고 있었다. 숲속에 쭈그리고 앉아 앙증맞은 풀꽃에 조심스럽게 손끝을 대어보곤 했다. 이 작은 존재가 어떻게 내 눈에 들어왔을까? 가만히 바라보는 동안 마음이 쓰이는 사람이 생각나기도 하고, 쓰고 싶은 글의 제목이 떠오르기도 했다. 속 끓이던 일을 가만히 내려놓은 적도 있다. 아름다운 존재들에 기대어 사유하는 동안 나는 나와 더 친해지고 있었다. 무의미해 보이는 집안일에 지쳐 있다가도 나의 모든 행위가 중요하고 의미가 있다는 빛나는 통찰로 이어지기도 했다. 순간 뭉클해지고, 수시로 울컥했으며, 때때로 환하게 웃었다. 더 많이, 더 잘 사랑하고 싶어졌다.

2020년 10월, "50대의 사랑을 부탁해요."

2020년 어느 가을밤, 편집장이 말을 걸었다. 몇 년 전 블로그를 통해 친구가 되고 다정한 글쓰기 도반이 되어 서로를 응원하며 지내는 사이다. 그는 이미 내가 쓸 책 제목까지 지어두었다고 했다. 사랑 시리즈라니 새로운 이야기가 더 나올 수 있을까 싶었다. 아름다움 수집 일기를 정리하며 책을 쓰는 동안 깨달았다. 아름다움은 결국 사랑의 다른 이름이라고.

누구에게나 공평하게 주어지는 눈앞의 시간, 낮과 밤, 사계절 사이에 아름다움이 널려 있다. 내 주변에 놓인 대상을 어떤 시선으로 바라보느냐에 따라 아름다움은 불쑥 나타난다. 무의미해 보이는 일상들을 정성껏 돌보는 행위 속에도 아름다움은 깃들어 있다. 아름다움은 발견하는 만큼 누리는 선물이다.

사랑도 마찬가지다.

자신을 사랑해주라는 글을 읽을 때마다 막막했다. 정작 어떻게 하는 게 나를 사랑하는 일인지 구체적인 방법은 나오지 않았다. 일상 속에서 나를 사랑하는 방법을 알고 싶었다.

이렇다 할 이력이 없어도 50년 동안 살아온 내 삶 자체를 존중해주고, 열심히 살아온 나를 사랑해주고 싶은 마음으로 이 책을 썼다. '사랑'이라는 단어에 숨결을 불어넣듯 사랑 이야기를 썼다.

다시 다가오는 사랑에 새 이름을 지어주고 싶었다. 쓰다듬고, 안아주고, 말하고, 쓰면서 더 잘 사랑하고 싶었다. 사랑에서만큼은 전문가가 되고 싶었다. 노트북을 켤 때마다 사랑할 준비를 했다. 가슴 뛰는 사랑은 이제 나랑 무관하다고 여겨도 이상하지 않은 50이라는 나이에, 그렇게 다시 사랑에 빠졌다.

사랑은 구체적인 말을 통해 실현되고 작은 행위를 통해 비로소 실체를 드러낸다. 다정한 인사가 사랑 고백이 되고, 담담하게 쓴 글이 절절한 사랑 이야기로 뒤바뀌는 기적을 수시로 경험했다. 매일 사랑 타령을 하니 온통 사랑할 일투성이었다. 내내 생각했다. 사는 게 더 중요하다고. 글이 사랑이 되고, 글로 사랑을 하고, 글로 살아가야 한다고.

내 삶을 수긍하는 힘은 아름다움 수집 일기를 쓰며 면밀하게 관찰하고 부지런히 길어 올린 사유 속에서 길러졌다. 그렇게 모은 아름다움 중 스물일곱 개를 골랐다.

2021년 6월,　"아름다워서 사랑했다.

　　　　　　　　사랑하니까

　　　　　　　　더 아름다웠다."

이제 완연한 50대에 접어든 나는 아름답고 힘찬 반전을 꿈꾼다.

사랑하기 좋은 나이, 매 순간 아름다운 시선으로 세상을 바라보는 50대의 삶을 기대한다. 아름다움은 보이는 대상으로, 들리는 소리로, 쓰인 언어로 존재하지만, 그것이 내 삶에서 실현되길 바랐다. 자연 속에서, 사람들 사이에서 나도 아름다움의 일부가 되고 싶었다.

하루하루 자신을 아껴주며 소박하게 일상을 가꾸는 사람들 곁에 놓일 아름다운 책을 상상했다. 이 책을 읽는 이들이 한 조각의 아름다움이라도 제 것으로 삼아 함께 걷고, 함께 감탄하고, 함께 행복해하며 이 책을 좋은 짝으로 삼아줬으면 좋겠다. 책 내용을 들은 한 분이 "세상 다정한, 진정한 자기계발서가 되겠군요."라고 했다. 맞다. 이 책은 반짝이는 일상 매뉴얼 같은 책이다.

날마다 사랑할 준비를 한다. 새날을 시작할 때마다 내 앞에 솟아오르고 튀어나올 아름다움을 기대하며 나아간다.

이 책이 당신만의 '아름다움 수집 일기'의 첫 페이지를 장식하는 상상을 해 본다. '작가가 쓰고 독자가 완성하는 책', 이제 여러분 손에 맡긴다.

아름다움 수집 목록

01

고양이를
사랑하는 사람

세 번째 책 이야기를 나누기 위해 편집장과 처음 만나기로 한 날이 다가왔다. 선물로《나는 있어 고양이》라는 책을 준비했다. 서점에서 훑어보며 읽은 문장들도 좋았지만, 내심 그에게 잘 보이고 싶어서 고른 책이었다. 작년 가을부터 고양이와 살기 시작한 편집장이 SNS에 올리는 고양이 이야기에 더 깊이 감응하고 싶었다. 대강만 살펴볼 마음으로 조심조심 첫 페이지를 펼쳤다가 결국 끝까지 다 읽었다. 그리고 알게 되었다. 사랑은 어떤 대상에게 잘 보이고 싶은 마음에서 시작되기도 한다는 것을.

책을 쓴 여덟 명의 미술가는 모두 고양이의 애정을 갈구한다. 고양이의 눈을 바라보며 말없이 대화를 나누고, 울음소리에 촉각을 곤두세우고, 고양이가 필요로 하는 것을 알아내려고 애쓴다. 고양이의 몸짓 하나하나를 유심히 살피며 어떤 의미인지 해석하기도 한다. 고양이도 자기를 사랑하는지 알고 싶고, 소홀한 돌봄에 애정이 식은 건 아닌지 염려하다가도, 고양이의 느긋하고 도도하고 우아한 곡선을 홀린 듯 바라보노라면 불현듯 마음이 편안해진다는 고백. 함께 보냈던 시간을 추억하며 자신이 고양이를 돌본 게 아니라 오히려 고양이의 지극한 사랑을 받았다는 걸 깨닫기도 한다.

책 속에 등장하는 '고양이 집사'들의 따스한 손길에 읽는 동안 마음이 훈훈해졌다. 인간의 관점에서 바라보고 판단하던 일을 고양이의 시선으로 점검하는 내용도 신선했다. 고양이가 아프거나 다치거나 죽어갈 때, 집사로서의 삶은 너무 애달프고 고단해 보였다. 사랑에 뒤따르는 책임도 생생하게 느껴졌다. 그 과정을 뛰어넘는 인간과 고양이의 애정과 교감에 매혹되긴 했지만, 감히 직접 길러보겠다는 마음까지는 도달하지 못했다. 특히 죽음과 사투를 벌이는 고양이 이야기는 읽는 것만으로도 고통스러웠다.

책에서 유독 마음에 와닿았던 내용이 있다. 고양이를 파트너에게 맡기고 출장을 간 저자(김화용)가 우연히 CCTV 앱으로 고양이를 바라보던 장면이었다. 밤늦도록 아픈 고양이를 간호하느라 지친 파트너가 바닥에 쓰러져 잠이 들자 오래도록 그 사람을 바라보던 고양이. 한참을 그러고 있던 고양이가 이불도 없이 잠든 사람 옆자리에 가만히 파고들어 눕는 장면을 화면으로 바라보는 또 다른 사람. 한 편의 영화 같았다. 전철 안에서 읽다가 눈물이 차올라 쩔쩔맸다.

사실 고양이를 썩 좋아하지 않았다. 산책길에서 만난 남의 반려견을 졸졸 따라갈 정도로 개는 좋아하지만 고양이는 아니었다. 길고양이가 가까이 다가오면 슬금슬금 뒷걸음부터 쳤다. 그러다 '밤의서점' SNS에 자주 등장하는 고양이 '보니'의 열혈 팬이 된 후 고양이에 호감을 갖게 되었고, 이제 길고양이를 만나면 쪼그리고 앉아 인사를 건넬 정도가 되었다. 그런 내가 전철에 앉아 남의 고양이 이야기를 읽다가 훌쩍거리다니.

첫 만남 이후 부쩍 친해진 편집장이 고양이에게 몸을 기대어 쉬고 있는 사진을 보여준 적이 있다. 그 틈에 비집고 들어가 함께 있고 싶어졌다. 작고 연약하고 따뜻한 생명체를 나도 껴안고 싶어졌다. 아이들을 재운 후, 본격적으로 일을 하려고 책상에 앉은 편집장을 빤히 바라보는 고양이 사진도 있었다. '일은 무슨! 나랑 놀아요.' 하는 눈빛이었다. 깊은 밤, 나도 끝내지 못한 일거리를 앞에 두고 막막하고 피곤하고 외로울 때가 많은데, 그럴 때 고양이가 있으면 어떨까? 그가 고양이에게 "5분 안에 끝낼게."라고 말을 거는 것처럼 고양이랑 놀려고 후다닥 일을 마치게 되지 않을까? 밥을 지으려고 싱크대 앞에 서면 종아리에 스르륵 몸을 한 번 부비고 시크하게 가버린다는데, 그 촉감은 어떨까? 생각해보니, 언젠가 공원에서 만난 길고양이가 내게 비슷한 행동을 한 적이 있었다. 그땐 그 동작이 무슨 의미인지 따져볼 겨를도 없이 몸을 움츠렸다. 반갑다는 인사였을까? 배가 고프니 먹을 걸 달라는 뜻이었을까? 심심하니 같이 놀자는 의미였을까? 여긴 내 자리니까 저리 가라는 경고였을까?

고양이에 관한 책을 두루 섭렵하며 인상 깊었던 대목은 고양이의 독립성이었다. 적당한 거리 두기를 하며 애정을 표시하는 고양이와 그런 특성을 존중하는 사람. 마치 사랑한다면 상대에게 세심하게 접근해야 한다고 말하는 것 같았다. 지금은 조금 더 가까이 다가와 주기를, 이번엔 한 발짝 떨어져서 그냥 지켜봐 주기를. 그렇게 서로를 배려하며 편안한 거리를 찾아가는 듯 보였다.

새벽에 일을 하다가 무심코 눈이 마주친 고양이와 깊은 교감을 나누는 편집장을 보며 생각했다. 고양이와 사는 사람은 멀찍이 떨어져 바라보고만 있어도 그저 같은 공간 안에 있다는 존재감만으로도 충만한 애정을 느끼는구나. 참 섬세하고 다정한 관계네. 아무래도 고양이를 키우는 사람들은 남다른 것 같아. 아, 그렇다면 "고양이를 사랑하는 사람들과 친하게 지내겠어!"

요즘 나는 고양이 책을 발견할 때마다 관심 갖고 들춰 본다. 일부러 고양이에 대한 정보를 수집하고 공부하기도 한다. 아는 척하고 맞장구를 쳐주고 싶어서. 친하게 지내고 싶은 사람이 고양이를 좋아하니까. 그렇게 고양이를 키우는 사람들을 주의 깊게 관찰하면서 '반려'라는 단어의 의미를 새삼 되새기게 됐다. '짝이 되는 동무', 얼마나 멋진 말인가!

편집장과 고양이는 좋은 짝이다. 서로의 몸에 기대어 나누는 온기만으로도 온 우주를 품은 듯 행복해하니. 이제 나와 편집장이 새로운 짝이 되었다. 덕분에 고양이까지 덤으로 짝이 되었다. 짝으로 삼고 동무로 삼는 대상이 어디 사람이나 동물뿐이겠나. 식물, 나무, 새, 계절마다 다가오는 것들. 나와 관계를 맺고 있는 대상을 하나하나 떠올려보며 '반려'의 의미를 대입해 보았다. 인연이 닿은 존재를 짝꿍으로 삼고 동무로 여기는 것. 그게 고양이든 식물이든 사람이든, 그 의미가 일상에서 펼쳐질 때 우리 삶은 얼마나 풍요롭고 아름다울까?

언젠가 고양이와 함께 살 기회가 오면 좋겠다고 생각하다가도 지레 두렵다. 만나기도 전에 헤어질 순간이 떠올라서다. 그동안 떠나보낸 나의 강아지들이 줄줄이 생각나 가슴이 죄어든다. 게다가 나의 1순위 반려인은 이 부분에 있어서 얼마나 단호한지. 자기 삶에 고양이와 개는 필요 없다고 딱 잘라 말한다. 동물이 싫어서가 아니다. 헤어짐을, 상실을 나보다 더 두려워한다.

그러니 나는 주위를 두리번거리며 열심히 찾을 수밖에 없다. 고양이와 함께 살아가는 사람들을. 그 주위를 맴돌며 곁다리 사랑을 하는 수밖에 없다. 그들의 '거리 두기' 사랑법을 배우고 지금 내 옆에 있는 동무들을 더 잘 사랑하는 길밖에 없다.

상상해 본다. 내 책이 누군가의 반려 도서가 되기를. 중고서점에 팔려가지 않는 책, 이사 갈 때마다 끈질기게 살아남는 책, 눈에 잘 띄는 책장에 꽂혀 있는 책, 애정 도서 리스트에 들어 있는 책, 책장에 꽂힌 책이 아니라 표지가 잘 보이도록 앞을 보고 있는 책. 하~ 욕심은 끝도 없다. 그러나 내야 할 욕심이다. 글 쓰는 사람으로서 끝까지 부리고픈 욕심이다. 내 임무는 날마다 더 부지런히

사랑하는 것이리라. 고양이의 짝이 된 나의 동무를, 그가 사랑하
는 고양이를.

아름다움 수집 미션

친해지고픈 사람을 관찰해보세요

사소한 행동이나 말에서 좋은 사람 같다, 따스하고 품이 넓은 사람이구나, 단박에 느낄 때가 있습니다. 저는 버스 탈 때와 내릴 때, 기사님께 깍듯하게 인사하는 사람을 보면 기분이 좋아집니다. 그 사람은 왠지 마음도 고울 것 같아요.

《그리운 메이 아줌마》에는 '말을 해야 할 때와 하지 말아야 할 때를 정확히 가려내는 능력'을 가진 아이, 클리터스가 나옵니다. 이런 능력을 가진 사람과 친해지고 싶습니다. 입을 꾹 다물고 들어주는 것만으로도 큰 위안을 주는 사람, '고마워, 미안해, 사랑해' 같은 흔한 말도 필요한 순간 정확히 말해주는 사람.

좋아하는 사람들의 행위를 하나 둘 모으며 따라해 보려고 합니다. 좋은 품성을 닮아가려고 노력하다보면 언젠가 저도 그런 사람이 될 수 있지 않을까 기대하면서요.

"오늘은 _____ 사람과 친해지고 싶다." 좋아하는 사람, 닮고 싶은 사람, 되고 싶은 사람을 떠올려 보는 하루 되시길 바랍니다.

02

나의
작고
귀여운 친구들

얼마 전까지만 해도 내 꿈은 귀여운 할머니가 되는 거였다. 40대의 마지막 겨울, 남편이 암에 걸린 뒤로 생각이 바뀌었다. 질병이 일상을 무참히 무너뜨릴 수 있음을 절감했던 것이다. 노년에 대한 환상을 걷어내고 실체를 봐야 하는 시점이었다.

40대 중반부터 죽음과 상실에 대한 책들을 찾아 읽었다. 50대에 접어들면서 읽은 《내가 살아야 할 생을 잘 살아서 기쁘다》는 우아하고 이상적인 노년을 꿈꾸던 나에게 진짜 늙는다는 게 뭔지 알려준 책이다.

유명 작가이자 인류학자인 엘리자베스 M. 토마스는 자신을 '그저 남편을 먼저 떠나보낸 87세의 증조할머니'라고 소개한다. '늙는다는 게 어떤 기분인지 진짜 나이 든 사람이 이야기할 필요가 있어서' 썼다는 작가의 바람대로, 책에는 노화의 어두운 면, 젊었을 때와 비교해서 달라지는 점, 예컨대 오줌을 지리는 문제나 계단에서 굴러 떨어질까 두려워하는 마음, 신용카드 분실에 대한 걱정 등 구체적인 '나이 듦의 일상'이 담담하게 펼쳐졌다. 그리고 덧붙였다. 겨우 오십몇 살에 노화에 관해 이야기하는 건 20년쯤 뒤에 돌이켜 봤을 때 '햇병아리에 지나지 않았다'고 여길 만한 일이라고. 그러니 환상을 가질 것도, 미리 겁먹을 것도 없다고. 책을 덮은 뒤, 결국 '늙어간다'라는 말을 어떤 말로 정의하느냐에 따라 미래가 달라질 거라는 생각이 들었다.

나는 '낯설면서도 마음을 사로잡는 무언가를 발견하는 여정'이라는 말에 가슴이 뛰었다. 부지런히 그 '무언가'를 수집하고 싶었다. 발견한 것들에 감탄하고, 모아놓은 것들에 애정을 담아 깊이 들여다볼 수 있다면 늙어가는 삶도 충분히 멋지고 행복할 수 있을 거라 믿었다. 하지만 삶은 어떻게 흘러갈지 모른다. 지인의 급작스러운 부고를 받거나 투병 소식을 들을 때면 귀여운 할머니가 되겠다는 둥 우아한 노년을 꿈꾼다는 둥 가볍게 한 말이 부끄러워졌다.

나이가 들수록 평범한 일상을 사는 것, 사건 사고 없이 무사히 지나가는 하루가 얼마나 기적 같은 일인지 실감하고 있다. 그럴수록 살아 있는 모든 존재가 대단해 보인다. 온갖 귀여운 것에 눈길이 사로잡히는 일도 점점 늘어난다. 작고, 사소하고, 귀엽고, 앙증맞은 것이 일상에서 툭 튀어나와 웃음을 터뜨리게 되는 순간. 귀한 선물을 받은 것처럼 기쁘고 즐겁다. 지금 여기 있다는 것만으로도 예쁘고 기특하고 사랑스럽다.

"귀여워 죽겠어!" 하다가 화들짝 놀랐다. 귀엽다는 말 뒤에 왜 죽음이라는 말이 붙었을지 궁금했다. 예뻐 죽겠다, 웃겨 죽겠다는 말 속에는 '아, 살아 있는 게 느껴져! 내가 살아 있어서 이렇게 기쁘고 즐거운 거겠지? 세상을 더 보고 싶어. 더 살고 싶어!' 하는 간절함이 무심결에 들어간 걸까? 무덤덤하게 지나치는 일상 풍경을 내일은 못 보게 된다면 어떤 일이 벌어질까? 매일 반복되는 지긋지긋한 집안일도, 크고 작은 상처를 주고받으며 살 붙이고 살아가는 식구들을 보는 것도 오늘이 마지막이라면? 나의 다짐은 오늘 나에게 주어진 생을 잘 살겠다는 것이다. 그리고 부지런히 내가 기뻐할 일을 찾는다.

그중 한 가지, 나의 작고 귀여운 친구들을 소개하고 싶다. 나는 동글동글한 것, 손바닥 위에 올려놓고 자세히 들여다보아야 제대로 보이는 작은 것, 세심한 마음으로 만든 것, 누군가와 닮은 것, 푸하하하 웃음이 터져 나오게 하는 것들을 부지런히 모은다.

세라믹 인형 '멍멍이'는 날렵한 몸매와 쭉 뻗은 다리가 멋진 녀석이다. 손에 감싸 쥐고 꼼지락거리면 기분이 좋아진다. 이름을 지으려다 어릴 적 키우던 모든 개들이 우르르 떠올라 그만두었다.

아기 거북이를 보면 귀여우면서도 마음이 짠하다. 오스트리아 선물 가게에서 발견한 아기 거북이는 엄마와 같이 있었다. 가난한 여행자였던 나는 결국 아기만 안아왔다. 집으로 돌아온 후 여러 번 약속했다. "오스트리아에 꼭 다시 가야겠어. 나랑 같이 가자, 엄마 찾으러!"

기념품 컵 안에 들어 있던 무스(말코손바닥사슴)는 몸통이 엄지

손톱 크기밖에 되지 않지만 뿔 모양과 눈동자, 콧구멍까지 정교하다. 집에 오자마자 아기 거북이의 단짝 친구가 되었다.

몇 년 뒤, 녀석들에게 집이 한 채 생겼다. 《진심의 공간》을 쓴 건축가 김현진의 북토크에서 받은 선물이다. 무려 저자가 직접 디자인해서 주문 제작한 목재 주택이다. 안타깝게도 무스만 집안에 들어갈 수 있다. (그나마 엉덩이만 겨우 집어넣는 수준이지만) 멍멍이와 거북이는 밖에서 늠름하게 집을 지키고 서 있다.

아기 거북이는 가끔 몸통을 벗고 풀밭 위에 벌러덩 누워 일광욕을 즐긴다. 어쩌다 잘못 건드려 떼굴떼굴 굴러간 몸통을 찾느라 애를 먹기도 한다. 멍멍이는 책 사진을 찍을 때 자주 끼어들어 머리를 들이밀고, 글 쓰는 동안 키보드 위를 뛰어다니며 방해를 한다.

예쁜 티코스터를 선물 받은 날이면 녀석들을 올려놓고 기념사진을 찍는다. 키 순서대로 세우기도 하고, 무스를 거북이나 멍멍이 등 위에 얹어 놓고 서커스 장면을 연출하기도 한다. 가끔 숲속 여행도 떠난다. '문화다방' 연말 기부 이벤트에서 산 손뜨개 나무들이 나란히 서 있는 곳이 우리 아지트다. 나뭇가지를 주워 기둥으로 삼고, 한 땀 한 땀 실로 엮은 나무들을 자세히 들여다보고 있으면 마음이 숙연해진다. 작은 나무 한 그루에 들인 시간과 정성을 헤아리며 나도 무언가 가치 있는 것을 만들고 싶어진다.

집안 곳곳에 놓인 소품들은 거대한 삶의 흐름 속에 쉼표 같은 존재이다. 슬프고 우울한 날, 누군가가 나를 웃겨주었으면 싶은 날에는 콘솔 위에 가지런히 놓아둔 '나의 귀요미들'을 우르르 책상 위로 데려와 논다. 조급한 마음으로 허둥거리며 사느라 숨이 찰 때, '내가 왜 이러고 살지?' 하는 회의와 무력감이 밀려들 때, 귀여운 얼굴과 눈 마주치며 '그래, 그까짓 게 뭐 대수라고. 그냥 이렇게 웃으며 살면 되지!' 기운을 차린다.

어릴 적 시선으로 보면 50이라는 나이는 영락없이 할머니다. 일찍 손주를 본 우리 엄마도 50대 초반에 할머니가 됐다. 나도 어느덧 그 나이가 되었지만 여전히 아이 같은 구석이 있다. 호기심이 많고, 인형을 좋아하고, 작은 꿈에도 가슴이 뛴다.

따지고 보니, 나는 귀여운 할머니보다는 귀여운 걸 보면 못 참고 호들갑을 떠는 할머니가 될 가능성이 크다. 우아한 할머니란 자고로 고급스러운 옷과 장신구, 꼿꼿한 허리와 건강한 혈색을 갖춰야 할 것 같은 이미지다. 그건 장담 못 하겠다. 세상의 모든 아름다움에 반짝이는 눈으로 감탄하는 우아한 시선을 갖춘 할머니는 가능할 것 같다.

나이 드는 게 두렵지 않다면 거짓말이다. 하지만 기대도 된다. 하루하루 조금씩 더 사랑하게 될 거고, 아름다운 것들을 더 많이 찾아내며 살아갈 것이기 때문이다. 작고 귀여운 것을 좋아하는 할머니, 다정하고 사려 깊은 할머니, 지혜롭고 품위 넘치는 할머니,

악한 것을 선함으로 견디며 물리치는 씩씩한 할머니. 그런 할머니가 되어 내 안의 아기, 소녀, 아줌마를 더 살뜰히 보살펴 주고 세상을 더 뜨겁게 사랑하고 싶다.

원고를 쓰는 동안 새 식구가 들어왔다. 솔방울을 매달고 있는 나뭇가지. 완주 대아수목원을 걷다가 주웠다. 어디 둘까 고민하다 딸아이가 안 쓴다고 내놓은 노란 가습기 구멍에 꽂아두었다. 지나가다 개만 보면 실실 웃음이 나온다. 녀석의 이름은 '꼬지'. 꼬지의 정수리에 뭘 꽂을지 고민하는 것만으로도 하루가 유쾌해진다. 덕분에 오늘도 반짝이는 날이다.

작고 귀여운 것들을 모아보세요

여러분은 혹시 수집하고 있는 아이템이 있나요? 어떤 물건을 발견했을 때 눈이 반짝이나요? 명품 신상 백? 나를 빛내주는 액세서리? 남에게 보이기 위한 것, 구하러 다니느라 나를 피곤하게 하는 것 말고, 여러분의 삶을 풍성하게 만들어 주는 작고 귀여운 소품들은 어떤가요?

조바심내지 말고 천천히 마음이 가는 대상을 찾아 모아 보세요. 보잘것없고 소소한 물건에 불과할 수도 있지만, 여러분의 삶에 새로운 의미를 가져다 줄 지도 모르니까요.

03

연필이
품은
단어

늘 무언가를 쓴다. 무언가를 찾아 헤매는 사람처럼, 삶의 비밀 혹은 난해함을 풀어줄 단서를 찾듯이. 모르는 단어의 뜻을 적어 놓은 메모지, 퍼뜩 떠오른 글감을 휘갈겨 쓴 종이, 갑자기 마음에 드는 표현이 떠올라 급히 활용했던 영수증, 장 볼 목록과 필요한 문구를 적어 둔 쪽지, 특별히 아름다운 글이라 여기며 필사한 엽서 등 며칠만 지나면 종이 뭉치가 책상 위에 수북해진다. 일주일에 두어 번은 정리해야 할 정도다.

책을 읽으면서도 수시로 끄적이며 내용을 정리한다. 목차부터 본문 여기저기 암호처럼 써 둔 글자와 화살표, 덕지덕지 붙은 메모지는 나의 책 보물지도다. 남편과 아이들은 나의 메모들 때문에 책에 도저히 집중이 안 된다며 괴로워할 정도다. 물론 그들이 찾는 책을 내가 거의 갖고 있다는 데 놀라워하기도 하지만.

세월 따라 애용하는 필기도구도 변화를 거듭해 왔다. 요즘은 지우개가 달려 있고 필기감이 부드러운 연필에 꽂혔다. 손에 쥐기 어려울 정도로 줄어든 몽당연필은 유리병에 넣는다. 그 모습마저 앙증맞고 예뻐서 나의 아름다움 수집품 목록에 올랐다.

연필 길이가 줄어들 때마다 희열을 느낀다. 심이 닳고 키가 작아질수록 빈 노트에 아름다운 문장들이 모이고, 머릿속을 떠다니던 잡다한 생각들이 메모지에 가지런히 자리를 잡는다. 연필이 종이 위를 가로지르며 내는 소리를 듣고 있으면, 무의미하게 흘러가는 시간 위로 사각사각 중요한 무언가를 새기는 사람이 된 기분이다. 작은 종잇조각 위에도 내가 존재했음이 증거처럼 남겨진다.

초등학교 1학년 때, 짝꿍의 공책을 보고 충격을 받았던 일이 생생하다. 당시 나는 매끈한 동그라미를 그리는 것도 어려웠던 터라, 완벽한 타원형과 곧은 작대기로 '이' 자를 쓰는 친구의 손이 신기하기만 했다. 내 이름에도 들어가는 '이'자가 저런 모양일 수도 있다는 게 놀라웠다. 그날 집으로 돌아와 짝꿍의 필체를 떠올리며 손에 쥐가 나도록 글씨를 연습했다. 덕분에 나는 글씨를 제법 잘 쓰는 아이가 되었다. 비밀 일기를 쓸 때나 좋아하는 사람에게 편지를 쓸 때는 더 예쁘고 단정하게 쓰려고 노력했다. 글씨 속에 내 마음을 담고 싶어 한 자 한 자 또박또박.

책을 읽다가 마음에 와닿는 구절을 옮겨 적을 때도 마찬가지다. 나를 위로해 준 글을 마음에 새기고 싶어서 정성 들여 꾹꾹 눌러 쓴다. 그런 글을 쓰고 싶어 공부하는 마음으로 필사한 노트들이 쌓여갔다.

마흔일곱 살에 처음 공저로 책을 내면서 '읽는 사람'이라는 이력에 '쓰는 사람'이 포함되었다. 글을 지어 '책'이라는 형태로 세상에 내보이는 일은 내 삶에 획기적인 전환점이었다. 곧 작가라고 불렸다. 얼마나 많은 작가를 흠모하고, 경이로움에 사로잡혀 그들의 글을 읽었던가. 연필을 쥐고 손에 땀이 나도록 필사했던 '작가들'의 글은 범접할 수 없는 세계의 언어였다. 글 쓰는 행위를 신성하게 여기고, 글을 쓰고 싶은 열정은 누구에게도 뒤지지 않지만 나를 지칭하는 작가란 호칭 앞에선 지금도 쩔쩔맨다.

김훈 작가의 《라면을 끓이며》는 글쓰기를 다른 관점으로 바라보게 했다. 김훈 작가는 원고지에 연필로 글을 쓰는 작가로 유명하다. 나는 A4 크기의 종이 한 장에 필사할 때도 몇 번이나 축축해진 땀을 닦고, 연필을 쥔 손을 허공에 털면서 손목의 긴장을 풀어야 한다. 그런데 책 한 권을 육필로 쓴다니. 상상조차 할 수 없다. 본인뿐만 아니라 책을 만드는 이들에게도 번거롭고 비효율적으로 보이는 방식을 그는 왜 고집하는 걸까? 그 물음에 답을 하듯 김훈 작가는 썼다. 연필로 쓰면 내 몸이 글을 밀고 나가는 느낌이 든다고. '살아 있는 육체성의 느낌'이 소중하다고. 그의 글이 쉽고 가볍게 읽히지 않는 힘은 혹시 연필에서 나오는 것은 아닐까?

울진 바닷가에 앉아 '파도와 빛이 스스로 부서져서 끝없이 새롭듯이' 지나온 삶의 부끄러운 흔적들을 지우고 '새롭게 다가오는 언어들과 더불어 한 줄의 문장을 쓸 수 있을 것인가'를 고민하는 김훈 작가의 모습에서 구체적인 삶의 행위로서 글쓰기를 실감했다. 그가 새로운 낱말과 언어를 글로 쓰기 위해 들이는 '노동'이 만만치 않아 보였다. 일단 오래 바라보고 세밀하게 관찰했다. 그 다음 각각의 인물과 사건을 집요하게 파고들어 '그 존재들의 개별

적 삶의 역사'에 대한 공감을 끌어냈다. 키우는 개에서부터 잡혀 온 대게, 농부, 어부, 순직한 소방관, 세월호 희생자까지. 그의 글을 읽으면 대상과의 거리는 좁히고 공감의 폭은 넓히고 싶어 안간힘을 쓰게 된다. 작가 후기에서 그는 낮고 순한 말로 이 세상에 말을 걸고 싶어 썼다고 표현했지만, 그의 말은 묵직하고 날카롭고 예리했다. 익명성 속에 비겁하게 숨으려는 나를 송곳처럼 찔렀다. 무뎌진 내 몸과 정신에 서늘한 칼끝을 들이댔다.

뾰족해진 연필심이 종이에 닿을 때 무심코 힘을 주면 끝이 부러진다. 그럴 때마다 떠오르는 장면이 있다. 마쓰이에 마사시가 쓴 소설《여름은 오래 그곳에 남아》에는 매우 인상적인 '연필' 이야기가 나온다.

건축 사무소를 배경으로 이야기가 펼쳐지는데, 직원들은 오전 9시가 되면 모두가 칼을 손에 들고 연필을 깎는다. 그날 쓸 연필을 깎는 것으로 업무를 시작하는 것이다. 어딘가 멍한 아침에 연필 냄새를 맡으면 '머리 심지가 천천히 눈을 뜨고, 사각사각하는 소리에 귀의 신경도 전원이 켜진다.'라는 표현이 참신하면서도 좋았다. 그들은 마치 자기 일에 품위를 부여하는 의식을 치르기라도 하듯 매일 연필을 깎았다. 건축설계 도면을 그리기 위한 연필의 필요량은 하루에 열 자루. 소설은 연필심이 닳는 정도에 따라 일을 하는 사람의 상태와 마음가짐을 분석하기도 한다. 매번 날을 세우고 힘이 잔뜩 들어간 채 일을 하는 것이 능사가 아니라는 것이다.

　오전 오후 합해서 최대 열 자루 정도 쓰는 것이 일의 정확성도 지켜지고, 연필도 정성껏 다루게 된다고 설명해 주었다. 그보다 더 깎아야 하는 것은 필압이 너무 강하거나 너무 난폭하거나 너무 서두르거나 그중 하나로, 즉 아무 생각 없이 일하고 있다는 증거라고 덧붙였다. 선을 계속 긋고 있으면, 어느 지점부터 의식이 흐트러지는 때가 있다. 그 틈을 노려서 실수가 미끄러져 들어오니까 연필이 어떻게 닳는가에 주의를 기울여야 하는 것이다. 설계도는 한 군데라도 놓치고 다음 단계로 넘어가 버리면 다시 그리는 데 두 배 이상의 힘이 든다.

－ 마쓰이에 마사시, 《여름은 오래 그곳에 남아》, 비채

　나는 기분 전환 삼아 연필을 깎는다. 연필이 뭉툭해질 때마다 세상사에 무감해지는 나를 다시 벼리듯 열심히 깎는다. 특히 기분이 저조한 날이면 색연필을 우르르 쏟아 놓고 깎기 시작한다. 사각거리는 소리에 위안을 받고, 알록달록 깎여져 나온 나뭇조각들에 기분이 좋아진다. 휴대용 연필깎이를 손에 쥐고 연필을 집어넣는 횟수가 많은 날은 뿌듯하다. 내게 주어진 시간을 알차게 쓴 흔적 같아서다. 열심히 밑줄 긋고, 떠오르는 생각을 적고, 모임 준비

를 하며 필요한 자료들을 옮겨 적다 보면 연필의 키가 쑥 줄어든다. 세상의 성과를 표시하는 눈금은 주로 위를 향하지만, 연필은 거꾸로, 아래로 표시되는 눈금이다. 작아질수록 뿌듯해진다.

　이 책을 쓰면서 목차를 여러 번 수정했다. 소제목 사십여 개를 뽑아 놓고 수정할 때마다 연필을 쥐고 있었다. 새끼손가락 크기의 메모지에 제목을 적어 흰 종이 위에 벽돌 쌓듯 차곡차곡 붙여 놓았다. 옅은 분홍색, 진한 분홍색, 노란색, 연두색 띠지에 아름다움의 목록을 적고, 썼다 지우기를 반복했다. 첫 문장조차 시작하지 못하고 막힌 글 앞에서 머리를 쥐어뜯을 때마다 막막함을 뚫어줄 단어 하나, 명쾌한 한 문장을 얼마나 애타게 기다렸던지. 그러던 중 류시화가 엮은《마음 챙김의 시》에 수록된 W. S. 머윈의 시 〈연필〉을 만났다. 시의 원제는 〈아직 씌어지지 않은 것〉이다. 연필 안에는 어떤 단어들이 '웅크리고 있거나 숨어' 있는데 그 단어는 어쩌면 '우리에게 필요한 전부'일 수도 있다고 말하는 시였다.

　그 단어는 시인의 연필 안에 들어있으며 '세상의 모든 연필이 이와 같다.'고 했다. 그 한 단어가 무엇일까 알고 싶어 애가 달았다. 연필심이 다 닳아 없어져도 쉬이 드러나지 않는 단어, 꺼내기 어려운 문자, 아름다운 표현을 기다리는 시인의 마음에 동화되어 울고 싶은 심정이 되었다. 몽당연필이 산더미처럼 쌓여도 그 단어를 찾지 못하면 어떡하나 싶어 초조했다.

막바지 원고 작업을 하며 아름다움 수집 목록에 '연필'이라고 써놓고 적절한 소제목을 찾지 못해 괴로워하다가 이 시를 또 읽었다. 책상에 아무렇게나 놓여 있는 내 몽당연필을 보다가 단어 하나가 툭 마음에 떨어졌다. 울컥했다. '사랑'이었다.

아름다움 수집 미션

연필을 쥐어보세요

집안을 뒤져 보면 연필 한두 자루는 찾을 수 있을 거예요. 아이가 쓰는 연필일 수도 있고, 저처럼 굿즈나 선물로 받은 연필일 수도 있겠죠. 장 볼 목록을 적을 때 사용하는 연필도 있을 테고, 아까워서 못 쓰는 예쁘고 특이한 연필이 있을지도 모르겠네요. 한정판 연필만 사서 모으는 연필 덕후도 계시겠지요? 학창 시절, 그림에 소질은 없는데도 부드럽고 진한 4B 연필을 참 좋아했어요. 아이들이 쓰던 4B 연필을 뾰족하게 깎아 필기용으로 쓰며 좋아했던 기억도 나네요.

오늘은 연필을 쥐고 추억 여행을 해보는 게 어떨까요? 처음 내 연필을 가졌던 기억, 한 다스의 새 연필을 선물 받았을 때의 행복, 여행지에서 그 지역을 대표하는 문양이 새겨진 연필을 고르던 일, 첫사랑에게 쓸 편지지를 옆에 두고 연습 삼아 이름을 적어보던 그 연필.

연필을 꺼내 보세요. 향을 맡아보세요. 그리고 뭐든 써보는 겁니다. 하얀 종이 위에 어쩌면 '사랑'의 시간이 새겨질지도 모를 테니까요.

04

필사 노트에 쌓이는
유산

예쁜 노트를 보면 하염없이 욕심이 난다. 딸이 선물 받은 노트도, 남편이 고이고이 숨겨둔 노트도 달라고 조르다가 기어이 내 손에 넣는다. 책상 서랍에 쟁여둔 노트가 십여 권이 넘고, 쓰다 만 노트는 훨씬 더 많다. 대형 서점에 가면 문구 코너에서 한참을 서성인다. 빨강머리 앤이 그려진 노트를 발견하고 욕심껏 쟁여두기도 했다.

"앤이 책을 꼭 끌어안은 모습이 너무 사랑스럽지 않니? 우왕, 앤도 책을 무척 좋아했어. 이 노트에 너만의 이야기를 정성껏 적어 보물 노트로 삼으렴! 앤처럼 이렇게 꼭 안아주며 소중히 아껴줘야 해!"

아이들에게 선물할 때는 표지에 그려진 앤을 흉내 내며 당부했다.

크기별, 색깔별로 바인더 노트를 구별해 쓰자고 사람들을 부추겨 공동 구매도 했다. 책 읽을 때 메모하기에 좋은 노트, 아이디어가 떠오를 때마다 간편하게 적을 수 있는 기획 노트, 독서 모임을 기록하는 노트, 내밀한 글을 모아두는 노트. 인정한다. 나는 노트 욕심쟁이다.

2019년 방문했던 베를린에는 왜 그리 예쁘고 비싼 노트들이 많던지. 손바닥 크기의 작은 노트도 웬만한 책보다 비쌌다. 맘에 드는 노트를 발견할 때마다 얼마나 환율 계산을 했는지 모른다. 고풍스럽고 화려한 노트가 즐비한 상점에서 한참을 만지작거리며 망설이다가 발길을 돌리길 여러 번. 그러다가 여행 막바지에 딱 한 권 샀다. 그 노트는 다음 해 '책 일기장'으로 쓰였다.

나보다 두 살 어린 여동생은 매년 동료들과 적금을 부어 해외여행을 한다. 어느 날 노르웨이에서 샀다는 노트 한 권을 내미는데, 보자마자 괴성을 질렀다.

"으아~~ 세에상에~ 이렇게 예쁜 노트가 있단 말이야?"

19세기 가장 영향력 있는 디자이너로 평가받는 윌리엄 모리스의 그림을 표지로 만든 노트였다. 차분한 청색 바탕에 새와 꽃, 열매와 풀이 정교한 패턴으로 그려졌다. 검은색 가름 띠마저 고급스러웠다. 뒷면에는 앞면 그림이 1/4가량 이어졌고, 역시 청색 바탕에 윌리엄 모리스의 이름이 크게 새겨져 있다. 180도로 펼쳐질 뿐 아니라 종이 두께 역시 만년필로 써도 뒷면에 비칠 걱정 없이 딱 적당했다. 선물 받고 몇 달이 지나도록 고이 모셔만 두었다. 어떤 용도로 쓸까 고민하느라 시작도 못 하고, 써보려고 펼쳤다가 아까워서 다시 덮기를 여러 번. 드디어 노트의 용도를 찾았다. 맨 앞장에 쓸 말이 생각났는데, 역시 단번에 쓰지는 못했다. 더 예쁘게 쓸 걸, 더 멋진 제목을 붙일 걸, 전전긍긍할 게 뻔했다. 결국 연필을 들고 메모지에 써서 맨 앞장에 붙여 놓았다. '시의 말들.'

시집만 따로 꽂아두는 책장이 있고, 아끼는 시집은 책상 가까이에 두고 자주 읽는다. 시집 한 권에서 여러 번 읽게 되는 시는 서너 편 정도인데, 그중에서도 두고두고 읽고 싶은 시만 추려 한 노트에 모아두면 얼마나 근사할까. 어떤 시를 고를까 마음이 분주해졌다.

맨 처음 필사한 시는 2020년 내가 만난 시 가운데 최고로 꼽는 라이너 쿤체의 〈뒤처진 새〉다. 읽을 때마다 철새 떼가 날아가는 풍경이 절로 머릿속에 그려진다. 무리에서 뒤처진 새를 쳐다보는 시인의 따뜻한 시선이 내 마음에도 와닿는 것 같아 힘이 되는 시였다. 만년필을 손에 쥐고 심호흡을 한 번 했다. 한 글자도, 틀리면 안 되었다. 첫 시였으니까.

라이너 쿤체의 시를 몇 편 더 적은 후에는 김용택 시인의 〈울고 들어온 너에게〉를 필사했다. 마음이 울적한 날, 누군가가 따스한 위로를 보내는 것만 같은 시다.

에밀리 디킨슨의 시는 푸른빛이 도는 예쁜 메모지에 적은 다음 노트에 붙였다. 시도 그림도 아름답다.

문태준 시인의 《내가 사모하는 일에 무슨 끝이 있나요》에 실린 〈우리는 서로에게〉는 독서 모임에서 함께 읽고 모두가 감동했던 시다. 시 속에는 서로가 서로에게 등불 같고, 날개 같고, 부드러운 토양 같은 존재가 되어주고픈 마음이 담겨 있었다. '우리'는 서로에게 절반 같은 중요한 존재이기도 하고, 또 그만큼 다른 입장이

기도 하다는 걸 일깨워준 의미심장한 작품이기도 했다.

메리 올리버의 시를 적는데 실수로 얼룩이 묻어 으아, 소리를 질렀다. 어떡하나 고민하다가 하늘색 구름 모양 메모지를 붙이고 이렇게 썼다. '시를 쓰고 시를 읽는 아름다운 마음'. 코리나 루켄의 그림책《아름다운 실수》에서 배운 대로, 망쳤다고 생각하지 않고 더 아름답게 노트를 꾸몄다고 뿌듯해하며 실실 웃었다. 아예 그 옆 페이지에는 정말 아끼는 시, 올라브 하우게의 〈어린 나무의 눈을 털어주다〉를 적었다. 심혈을 기울여서 쓰고 난 뒤 시집에 붙어 있던 파란색 메모지를 노트에 옮겨 붙였다. 옮긴이가 시인에 대해 쓴 글을 적어 둔 종이였다. "매일 노동했으며 가장 좋은 시는 숲에서 쓰였다. 그는 북구의 차가운 조용함 속에서 한 손에 도끼를 든 채 시를 썼다. 그렇게 꿈꾸고 그렇게 존재를 열면서 당시 시의 코드에서 자유롭게 벗어났다."

왼쪽에는 메리 올리버의 시 〈하나의 세계에 대한 시〉가, 오른쪽에는 올라브 하우게의 시가 적혀 있었다. 메리 올리버 시의 마지막 구절은 눈 앞에 펼쳐진 세계를 바라보며 성찰하는 자신이 아름답게 느껴진다는 내용이었다. 나는 노트에 담긴 모든 것들이 아름다워서 어쩔 줄 몰랐다.

시를 필사할 때마다 가슴이 뛴다. 사랑하기 때문이다. 아름다운 시를 만난 순간을, 뒤처진 새에게 자신의 힘을 보태고 싶은 시인의 마음을, 눈물 글썽이며 시집을 끌어안는 나를. 시를 적는 순간

만큼은 세상의 모든 것을 다 사랑할 수 있을 것만 같다.

흘러간 시간만큼 시가 차곡차곡 쌓여가고 있다. 이제 이 시집의 주인은 딸 하연이다. 딸에게 남기는 엄마의 시 노트. 생각만 해도 울컥하게 되는, 딸에게 남겨줄 나의 유산이다. 그러니 더 좋은 시를 선별하게 된다. 처음부터 그럴 생각은 아니었는데 이제 노트에는 깨알 같은 메모들이 덧붙여질 것이다.

"엄마가 이 시를 만나게 된 건…… 엄마가 이 시를 왜 좋아하냐면…… 너도 이 시를 읽으며 위로받았으면 좋겠어."

딸에게 주고픈 마음들을 모아 만년필로 정성껏 쓴다. 꾹꾹 눌러쓰다 수시로 울컥한다. 상실감에 지레 가슴이 조여들 때면 가만히 힘을 낸다. 지금부터 죽음을, 이별을 좀 더 감당할 만한 것으로 만드는 작업을 하고 싶다. 남겨진 이를 위한 장치들을 좀 더 세심하게, 더 많이 개발하고 싶다. 시 필사 옆에 붙여 놓은 귀여운 메모지, 알록달록 사랑스러운 마스킹 테이프, 지우개에 나무 도장을 파서 초록 잉크로 여기저기 찍어 놓은 흔적들. 다정한 잔소리가 담긴 편지를 보게 될 딸을 그려본다. 엄마가 보고 싶어 울다가도 뚝 그칠 수 있게 웃긴 이야기도 가끔 적어 둬야지. 아, 좋은 생각이 났다. 내가 딸에게 빌딩을 물려줄 가능성은 없으니, 5만 원짜리 지폐를 한지에 곱게 싸서 몇 장 끼워두어야겠다. 그때쯤이면 껌값밖에 안 되려나? 그래도 우리 딸, 헤헤 웃을 거다.

오늘도 내가 사랑하는 '시들이 모여 사는 집'에 부지런히 시의 말들을 저축한다. 딸에게 줄 때까지 아껴만 두진 않을 거다. 나도 힘들 때마다 펼쳐봐서 내 손때가 묻은 유산으로 남겨줄 것이다. 시를 필사할 때마다 부자 엄마가 된 것 같아 행복하다. 부디 이 노트를 펼칠 때마다 엄마의 사랑과 마주하기를. 내가 곁에 없어도 시의 언어로 충만하기를.

아름다움 수집 미션

유산 노트 만들기

이 세상을 떠난 후에도 나의 분신처럼 남아 사랑하는 이의 곁을 지켜줄 무언가를 함께 만들어보면 어떨까요?

노트를 펼치고 오늘부터 시작해 보는 겁니다. 내가 남기고픈 유산은 무엇인지, 누구에게 주고 싶은지 생각해 보세요.

저와 함께 시를 한 편씩 골라 담아 볼까요? 틈날 때마다 편지를 써 두는 것도 괜찮고, 나만의 인생 매뉴얼을 담은 비법책으로 꾸며보는 것도 좋을 것 같아요.

05

아름다운 시선,
그림책

　　　　　　　　　너무 좋아하는 것에 대해서는 말을 아낀다. 함부로 이야기하고 싶지 않아서다. 말로는 설명할 수 없는 감동을 어설프게 풀었다가 그 가치를 훼손할까 봐 겁이 난다. 가끔은 나만 알고 싶은 이기심이 발동하기도 한다.

'그림책을 좋아한다'고 써 놓고 한숨을 쉬었다. 그림책이 내 일상에 얼마나 큰 선물인지 말을 하려면 책 한 권을 써도 부족하다.

그림책 에세이 기획안, 샘플 원고, 그림책 모임 기록들이 가득 찬 파일을 볼 때마다 서글픔이 밀려든다. 요즘 그림책의 세계는 내가 처음 경험했던 시절과 너무 달라졌다. 가만히 나를 만나주었던 그림책들이 여기저기 화려한 무대에서 스포트라이트를 받고 있다. 말없이 조용히 안아주고 이야기 나누는 친구였는데 너무 인기가 많아졌다. 잘 되어서 기쁘고 좋으면서도 어쩐지 쓸쓸하기도 하다.

2017년에 그림책 독서 모임 '그림책으로 삶을 읽다'를 시작으로 2018년 '그림책으로 삶을 품다'를 진행했다. 중년이 되어 다시 만난 그림책은 재미와 감동을 주었다. 함께 읽고 공부하는 그림책 모임 덕분에 삶이 풍요로워졌다. 평생 친구 삼고 싶은 좋은 분들도 많이 만났다.

2019년 봄, 식구들이 모두 나간 아침이었다. 이유 모를 울적함을 안고 그림책이 꽂혀 있는 책장 앞에 앉았다. 그림책 한 권이 눈에 들어왔다. 시드니 스미스가 그린《거리에 핀 꽃》. 특별히 아끼고 사랑하는 그림책이다. 글 없이 그림만 나오는 이 책은 펼칠 때마다 새로운 이야기가 보인다. 그림 곳곳에 외롭고 가여운 존재를 눈여겨보고, 빛을 잃은 곳에 마음을 쓰는 작가의 시선이 배어 있다. 작은 풀꽃을 그냥 지나치지 않는 아이, 부지런히 모은 아름다움을 살며시 건네며 주변을 환히 밝혀주는 아이. 오래 전부터 이 아이를 사랑했다.

그날은 평소 눈여겨보지 않았던 한 여자에게 눈길이 머물렀다. 버스 정류장에 사람들이 모여 있고, 통화 중인 아빠를 기다리며 담장 옆에 핀 풀꽃을 향해 아이가 손을 뻗고 있는 장면이었다. 회색빛 도시와 사람들은 흑백으로 그려져 있고, 아이의 빨간 점퍼, 노란 풀꽃 여덟 송이, 멀리 보이는 빨간 버스, 그리고 여자의 원피스에만 색이 칠해져 있다.

여자는 버스를 기다리며 책을 읽고 있다. 아홉 명의 사람들은 각각 다른 표정이다. 피곤하거나 초조하거나 무표정한 얼굴로 버스를 기다리고 있다. 흑백의 그림 속에 유독 그 여자의 원피스만 화사하게 색을 입고 있었다. 노랑, 분홍, 초록, 하늘 빛깔의 꽃들이 만발한 꽃무늬 원피스였다. 어, 이런 그림이 있었네? 감탄하며 책을 읽는 여자의 표정을 뚫어져라 보았다. 그녀가 꽃처럼 피어 있었다. 그 순간 그림책을 읽는 나도 꽃처럼 피어나는 기분이었다. 꼬마의 목소리가 들리는 듯했다. 작은 풀꽃들을 모으던 아이가 나에게 꽃을 쑥 내밀며 "아줌마, 여기요!" 하는 것 같았다.

시멘트벽 틈새, 보도블록 가장자리, 건물 사이의 귀퉁이에서도 꽃이 피어나듯 질퍽거리는 마음에서도 아름다움은 솟아오를 수 있다는 것, 나는 언제든 책을 읽으며 꽃처럼 피어난다는 것. 그림책이 내게 보내는 환대의 손길이다.

그림책을 천천히 여러 번 보는 편이다. 그림책이 나에게 어떤 말을 걸어오는지 귀 기울이고 천천히 질문을 되새기며, 그림책과 나만의 이야기를 엮어나가려고 노력한다. 여러 번 읽고 정성껏 살펴보고 구석구석 어루만지며 그림책과 나만의 시간을 쌓아갈 때, 내 삶도 그림책처럼 아름다워질 거라고 믿으며 책장을 넘긴다. 그러다 불현듯 마주한 아름다운 장면에 숨이 멎을 것 같았던 순간, 한 페이지 한 페이지 넘기며 고조되던 마음이 폭발하는 것 같은 지점이 있다. 책을 소개할 때면 이런 특별한 경험의 장면들을 어떻게 전달해야 하나 조심하게 된다. 특히 마지막 페이지에서 고조된 감동은 두고두고 긴 여운이 남기에 함부로 보여주고 싶지 않다. 반전도 마찬가지다. 그러면 결국 이 말만이 남는다. "이 책 너무 좋아요. 꼭 보세요."

나는 그저 좋아하는 그림책을 누군가 나처럼 만나기를 바랄 뿐이다. 그 사람이 경험할 그림책의 경이로운 순간을 존중하며 가만히 손을 이끌어 그림책 앞으로 데려다주고 등 뒤에서 지켜보는 심정으로 이야기를 풀어간다.

글을 쓰는 사람이 되고 보니 알겠다. 책 한 권에 담긴 시간과 정성, 고뇌와 분투, 협업의 손길을. 그림책 작가의 강의를 듣고, 책이 나오기까지의 과정을 들려주는 북토크에 참여하고 난 뒤 책을 다른 마음으로 보게 되었다.

긴긴밤 다듬고 어루만진 작가의 언어를 천천히 성의를 다해 읽는다. 조각도를 들고 힘겹게 파 내려간 흔적을 놓치지 않기 위해 꼼꼼하게 그림을 살핀다. 연필로만 표현한 그림 앞에서는 종이에 깃든 시간을 헤아려보려 애를 쓴다. 붓을 들고 백지 앞에서 막막한 심정이었을 작가의 표정까지. 그림책 한 권 한 권마다 예의를 갖추고 싶어진다. 책에 대해 함부로 해석하거나 나의 부족한 언어로 설명하느라 작품에 누를 끼치지 않으려 노력한다. 그저 좋아하는 마음, 감탄하는 마음, 고마운 마음을 표현한다.

시드니 스미스의 다른 작품《괜찮을 거야》출간 소식을 들었을 때, 어떤 내용인지 살펴보지도 않고 주문했다. 저녁 7시쯤 책이 도착했다. 상자에서 책을 꺼내자마자 휘리릭 볼 수도 있었지만 꾹 참았다. 저녁 준비, 설거지마저 설레었다. 11시가 넘은 시각, 어질러 놓은 책상 위를 깨끗이 치우고 드디어 책을 펼쳤다. 천천히 읽고 나서 처음보다 더 천천히, 꼼꼼하게 그림을 보았다.

여기에도 한 아이가 등장했다. 무언가를 찾으러 길을 나섰다가 고된 하루를 보낸 아이는 결국 빈손으로 돌아온다. 간절한 아이의 마음을 누구보다 잘 아는 한 사람이 그 길 끝에 기다리고 서 있었다.

눈 덮인 하얀 거리 위에서 서로를 껴안고 있는 장면. 눈시울이 붉어졌다. 먹먹해졌던 마음이 안도감에 휩싸였다. 잃어버리고, 놓치고, 부서진 것들 때문에 서늘해진 마음을 따스하고 부드러운 담요로 폭 감싸주는 것 같은 그림을 쉽사리 넘기지 못했다. 어렵게 책을 덮으며 소리 없이 되뇌었다. '괜찮을 거야. 괜찮을 거야. 정말 괜찮을 거야.'

함부로 드러내고 싶지 않은 감정의 절제가 돋보이는 작품이었다. 독자인 나는 마지막 장으로 갈수록 감정이 차곡차곡 차올라 주체할 수 없어 쩔쩔매는 것과 대조적으로 지극히 담담한 아이의 내레이션이 긴 여운을 남겼다. 그림책은 언제나 그랬다. 가만히 다가와 요동치는 마음을 다독이며 말해주었다. '괜찮아, 화내도 돼, 울어도 돼, 다시 시작해도 돼.'

나이가 주는 선물이 있다. 시선의 정교함, 더 깊어지는 애정 같은 것. 사소한 것의 소중함을 알게 되는 건 살아오는 동안 놓치고 잃어 본 경험 덕분이 아닐까 싶다. 사람, 돈, 시간, 건강까지 잃어

본 사람은 안다. 한 번 지나간 시간은 돌이킬 수 없고, 깨진 신뢰를 회복하는 건 너무나 어렵다. 가슴 아픈 일이 생길 때마다 눈가의 주름은 깊어지겠지만 눈길은 더 그윽하고 따스해졌으면. 내 앞에 존재하는 사람이 사무치게 고마워서 더 잘하고 싶은 마음이 들었으면 좋겠다.

그림책을 보면서 세상을 배우고 잘 살아가는 법을 배운다. 친절의 선순환이 세상을 살 만하게 만들어준다는 것을 실감한다. 우리는 모두 각자가 고유한 존재로서 귀하다는 것을 그림책이 가르쳐준다. 아름다운 그림 한 장면만으로도 하루를 살아갈 힘을 공급받기도 한다. 한 주, 한 달, 계절이 뭉텅이로 사라져 버리는 듯한 시간의 속도에 당황하며 어떻게든 시간을 붙들고 싶을 때 잠시 숨을 고르며 그림책을 펼치는 이유일 것이다.

40대에 읽은 그림책은 나에게 '질문'이었다. 넌 괜찮은 거니? 무엇을 놓치고 살았니? 너는 무엇에 감탄하니? 너의 슬픔의 근원은 무엇이니? 너는 뭐가 힘드니? 넌 어떤 사람이 되고 싶니? 50대에 읽는 그림책은 왠지 더 각별하다. 지금 나에게 그림책은 그저 '아름다움'이면 족하다. 40대의 내가 그림책을 펼쳐 읽다가 울컥하는 순간이 많았다면 50대의 나는 그 감정의 파동을 철학적 사유로 끌어올릴 수 있기를 바란다.

그림책을 펼치는 건 아름다운 시선을 내 눈에 장착하는 것과 같다. 책장을 넘기는 매 순간 나는 아름다움을 향해 나아간다. 그림책이 주는 힘에 의지하며 살아가려 한다. 그림책이 곁에 있는 한 나는 꽤 괜찮은 삶을 살 것이라 믿는다.

아름다움 수집 미션

좋아하는 그림책 읽기

나이가 들면 주눅 들거나 서글픈 일이 수시로 찾아올지 모릅니다. 유명한 화가의 전시를 보러 가거나 근사한 음악회를 찾아다니기에는 생활비가 빠듯할 수도 있고, 몸이 안 따라주기도 하겠지요. 돋보기를 쓰고 책을 읽는 일조차 어려워지는 날이 언젠가는 오겠지요. 그럴 때 그림책은 저에게 미술관이 되어 주고, 다정하게 말을 걸어 주는 책벗이 되어 줄 거예요. 좋은 질문과 생각거리를 던져주는 강의장을 만들어 주기도 하고요. 무엇보다 나이가들수록 애틋해지는 시선으로 바라보는 그림책은 얼마나 더 아름다울까요? 그림책이 곁에 있다면 노후의 삶이 꽤 괜찮을 거라 믿어요.

오늘은 그림책을 읽으며 사랑할 준비를 하세요. 가장 좋아하는 그림책 한 권을 뽑아 천천히 아주 꼼꼼하게 읽다 보면, 시들어가던 마음이 활짝 피어날 겁니다.

06

그림을 그리며
사랑하며

부러운 목록을 적는 시합이 있다
면 1등 할 자신이 있다. 피아노 잘 치는 사람이 부럽고, 노래 잘하
는 사람도 부럽고, 정리 잘하는 사람, 길 잘 찾는 사람, 춤 잘 추
는 사람, 타이핑 빠른 사람도 부럽다. 간결한 문장으로 깊은 여운
을 남기는 사람, 문장마다 느낌표 열 개씩 찍고 싶은 글을 쓰는 사
람은 부러움을 넘어 정말 위대해 보인다. 그중에서도 몹시 부러운
이는 그림 잘 그리는 사람이다.

난 그림일기 숙제가 정말 싫었다. 미술 시간도 괴로웠다. 산, 나
무, 해, 달 정도나 만만하게 그렸지, 사람이 등장하는 그림을 그려
야 할 때부턴 괴로움의 시간이었다. 인물의 팔다리, 움직임을 표
현하는 게 어려워서 늘 엉거주춤한 자세로 정면을 바라보고 있는
사람만 그렸다. 남편과 사귀기 시작할 무렵, 노트 여백에 꽃을 들
고 서 있는 자기 모습을 그리는 걸 보고 속으로 적잖이 놀랐다. 이
사람, 어떻게 알았지? 내가 그림 잘 그리는 사람을 좋아한다는 걸.

그런 내가 "와, 그림 잘 그리시네요!"라는 말을 처음 들었을 때
얼마나 놀랐던지. "어휴! 그냥 그대로 따라 그린 거예요!" 솔직하
게 고백하면서도 입꼬리가 귀에 걸렸다. "비밀인데요. 해 잘 드는
창에 그림을 대고 그 위에 좀 얇은 백지를 올려서 경계선을 따라
그린 다음 색칠한 거랍니다. 하하하!"

배우면 잘 그릴 수 있고 많이 그리면 나아질 텐데, 스스로를 못 그리는 사람이라 단정하고 그릴 기회 자체를 차단하며 살아왔던 것 같다. 아이들이 어렸을 때 그림 그리는 모습이 마냥 신기했다. 잘 그리고 못 그리고를 떠나 열심히 몰두하는 모습이 예쁘고 귀했다. 아이들이 콩순이 인형이나 공룡을 그려달라고 하면 "엄마는 그림 못 그려. 아빠한테 그려달라고 해." 하며 손을 내저었다. 아이들은 그림을 그리고 싶으면 도화지를 들고 아빠에게 갔다.

독서 논술 지도사 양성 과정에서 발도르프식 노작 교육을 받을 때였다. 나뭇잎을 자세히 관찰하고 그림을 그리는 시간에 신기한 경험을 했다. 초록색, 노란색, 빨간색이 섞여 있는 나뭇잎 한 개를 색연필로 그대로 따라 그렸다. 고운 낙엽 그림이 완성되었고 예뻐서 놀랐다. 내가 그렸다는 게 신기했다. 그림에 대한 부담감을 벗고 즐기게 된 계기가 되었다.

가을이 시작될 무렵 벚나무 잎사귀는 색이 제각각이었다. 어떤 잎은 전체가 빨갛거나 노랗게 물들어 있고, 어떤 잎은 초록색, 노란색, 갈색이 조화를 이루며 근사한 무늬를 이루고 있었다. 빨간 단풍에 갈색 반점이 점점이 박혀 있거나, 세심하게 농도를 조절해서 칠해놓은 것처럼 옅은 주황색, 진한 노란색, 연한 노란빛을 띤 낙엽도 있었다. 심지어 반은 붉은색 반은 노란색으로 정확하게 나뉜 나뭇잎도 봤다.

사물을 자세히 관찰하고 그림을 그리거나 글을 쓰는 일은 내 삶에 두고두고 도움이 되었다. 그중에서도 '한 달간 나무 관찰 일기 쓰기'는 잘 그리지는 못해도 열심히 그리는 데에는 소질이 있다는 걸 발견하게 해 준 귀한 경험이었다. 15년이나 지났지만, 식물 관찰 일기는 지금도 소중히 간직하며 자주 꺼내 본다. 느티나무 가지 하나를 골라 잎눈이 달린 모습부터 싹이 트고 이파리가 펼쳐지는 과정, 연둣빛에서 짙은 녹색으로 성장해가는 모습에 환호했던 생생한 감동이 노트에 담겨 있다. 이후 해마다 봄이면 아이들과 관찰 일기를 썼다. 베란다에서 키우는 파키라가 아기 잎을 피워 올리는 모습을 그리고, 아파트 화단 앞에 서서 목련의 꽃눈이 털옷을 벗고 하얀 봉오리로 솟아오르는 장면을 그릴 때, 스스로 꽤 근사하게 느껴졌다.

노랑, 파랑, 빨강 세 가지 색으로 나무를 그리는 법도 배웠다. 너무 신기하고 재미있어서 가장 즐겨 그리는 그림이 되었다. 아이들과 수업을 할 때면 신나게 시범을 보였다. 먼저 노란색 색연필로 아래에서 위로 나무 모양을 그리며 말했다.

"씨앗에서 싹이 나면 뿌리에서 물을 쭉쭉 끌어당겨 쑥쑥 나무가 자라잖아! 이렇게 아래에서 위로 쭉쭉!"

대강 나무 형태가 되면 파란색 색연필로 덧칠을 하면서 연둣빛으로 변하는 걸 보여준다.

"자~ 이제 싹이 올라오고 아기 나무가 초록 나무로 자랄 거야.

우리가 힘을 보태줄까? 파란색을 더 열심히 칠해보자!"

"우와~"

"이제 나무 기둥과 가지들을 그려볼까?"

빨간색 색연필을 들고 조심조심 덧칠하면 신기하게도 튼튼한 나무 기둥이 나타났다. 그리고 마지막 단계. 하늘을 향해 가지 모양을 그리면 어느새 눈앞에는 아름다운 나무 한 그루가 우뚝 서 있었다.

그림을 그리는 동안 나무의 시간에 대해 생각한다. 내 방 창밖에는 상수리나무와 굴참나무, 떡갈나무 등이 작은 숲을 이루고 있다. 가을이 되면 도토리가 심심찮게 눈에 띈다. 지나가는 사람들이 줍고, 숲속 동물이 먹고도 남는 모양이다. 흙에 떨어진 도토리가 단단한 껍질을 뚫고 깊게 뿌리를 내리면, 처음부터 본잎이 나와 참나무로 자란다고 한다. 봄이 지나고 여름이 시작될 무렵 숲에 가면 무릎 높이 정도의 어린 떡갈나무들이 즐비한데, 여리고 가느다란 가지에 아이 손바닥만 한 이파리가 달려 있다.

"아니, 너 도토리에서 나온 거야? 무슨 아기가 이렇게 잎사귀가 커? 대단하다!"

3년 정도 자라면 어린아이 키만큼 자라고, 15년쯤 되면 처음으로 꽃을 피워 도토리를 맺기 시작한다고 하니 건성으로 그릴 수 없었다.

색연필을 쥔 손에 힘을 더하고 정성껏 꼼꼼하게 색칠하다 보면 몰입의 즐거움이 덤으로 따라왔다. 종이 위에 나무를 심고 정성껏 키우는 마음이랄까. 아이도 어른도 탄성을 지르며 좋아해서 수업이나 책 모임에서 즐겨 하는 활동이 되었다. 자꾸 그리다 보니 다양한 모양의 나무를 그릴 수 있게 되었다. 힘주어 점을 찍으면서 나뭇잎이 무성한 모습도 표현할 수 있게 되었다. 여러 번 덧칠하면서 나무 모양을 풍성하게 가꾸어갔다. 하얀 종이에 나무 한 그루가 우뚝 솟아나면 그렇게 뿌듯할 수가 없다. 내 손으로 이런 그림을 그리다니!

예전의 나처럼 그림에 자신 없어 하던 아이들도 이 나무 그림만큼은 즐겁게 그렸다. 나무 그림 한 장을 정성껏 완성하고 난 뒤 아이들에게 이런 말을 해주었다. "우와 멋지다. 이 그림은 지금까지 이 세상에 존재하지 않았어. 그런데 네가 지금 만들어낸 거야. 이 세상에 하나밖에 없는 작품이지. 대단하지 않니?"

그런데 '그림'이라는 말에는 조금 더 다른 뜻이 있는 것 같다. 그리고 싶어 하고, 또 그리는 행위에는 어떤 마음 같은 것을 중요하게 여기는 태도가 스며 있다. 어느 정도 평평한 곳에 몸을 써서 마음을 나타내려는 의지가 있다. 몸을 통해 흐르는 마음 같은 것이라 해야 하나.

— 강요배, 《풍경의 깊이》, 돌베개

그림은 잘 보이지 않지만 중요한 어떤 마음을 드러내기 위해 애쓰는 행위이고, 그림을 그리는 행위는 '어떤 염원 같은 것을 담고 있다'는 말에 깊이 공감했다.

나의 그림은 그리움과 맞닿아 있다. 그림을 그리는 동안 무언가를 깊이 사랑하고 있다는 느낌에 사로잡힌다. 가지들 사이로 촘촘하게 난 잎사귀들을 그리다 보면 보고 싶은 얼굴이 하나둘 떠오른다.

색연필 서너 자루를 손에 쥐고 세심하게 색을 바꿔가며 칠하기도 한다. 36색 색연필을 쓰면서부터 누리게 된 기쁨이다. 무심하게 부르던 '초록색'에 연초록, 녹갈색, 풀색, 녹색, 황록색, 암녹색 등 각기 고유한 이름이 있다는 게 신기했다. TRUE GREEN, APPLE GREEN이라고 새겨진 색연필을 쥐면 그 이름을 따라 그리고 싶어진다. 밑그림을 따라 세심하게 색을 칠할 때마다 좋아하는 마음도 짙어진다.

이제 더는 그림 잘 그리는 사람을 부러워하지 않는다. 여전히 잘 그리지는 못하지만 그냥 그리는 행위가 좋다. 틀릴까 봐 연필로 살살 그릴 때도 있고, 노란색으로 대강 그린 후 본격적으로 색을 입히기도 한다. 열심히 따라 그리다 보면 내가 그린 그림이 눈앞에 놓인다. 그림 그리는 동안 행복하면 그만이다. 요즘은 잘 그리는 사람보다 열심히 그리는 사람을 눈여겨보게 된다. 이 사람은 그림을 그리는 동안 무엇을 사랑하고 있을까 궁금해진다.

그리면 사랑하게 된다. 더 잘 사랑하고 싶어서 나무 그리는 법을 알려주는 책을 샀다.

아름다움 수집 미션

파랑 노랑 빨강 세 가지 색깔로 나무 그림 그리기

레이첼 카슨은《자연, 그 경이로움에 대하여》라는 책에서 자연에
대해 아는 것보다 더 중요한 것은 느끼는 것이라고 이야기합니
다. 그림도 마찬가지인 것 같아요. 아름다운 대상을 표현하는 기
술도 중요하지만 즐기는 것부터 시작하면 어떨까요? 예쁘고 신
기하고 놀라워 그 순간을 기록해 두는 행위. 잘 그리지 않아도 괜
찮지 않을까요? 누구나 재밌게 그림을 접할 수 있는 파랑 노랑
빨강 세 가지 색깔로 나무 그림 그리기, 오늘 꼭 해 보세요. 그리
다 보면 더 재밌어지고 점점 더 아름다워지는 나무를 만날 수 있
을 겁니다.

07

순간과
영원을
붙드는 사진

코로나19 바이러스가 일상 곳곳
에 우울과 무기력증을 더했다. 마스크 안에 갇힌 건 코와 입만이
아니었다. 삶의 다양한 순간에 미세하게 감응하는 표정을 아예 가
려버렸다. 상대방의 미소를 받아 같이 웃을 수도 없고, 입술을 깨
물며 슬픔을 참는 사람을 알아보고 위로해 줄 수도 없게 되었다.

버거운 일정을 소화하다 문득 버스나 지하철 창문에 비친 무표
정한 내 모습에 화들짝 놀랄 때가 있다. 그때마다 입꼬리를 올리
며 부드러운 표정을 만들어 보려고 노력한다. 억지로라도 미소를
지어보면 쭈글쭈글했던 기분이 펴지는 것 같다. 길을 걷다가도,
카페에서 커피를 마시다가도 혼자 씩 웃곤 한다. 마음을 북돋우고
싶어서다. 그런데 마스크를 쓰고 다니면서 다시 무표정해졌다. 내
가 나를 향해 웃어주기 힘들었다.

어느 날 웃음을 되찾는 데 사진만 한 것이 없다는 것을 알았다.
문득 휴대폰에 저장된 내 사진을 보며 웃고 있는 나를 발견한 것
이다. 특별히 감응했던 것은 나의 '셀카'였다.

철학에서는 셀프(self)를 이렇게 정의한다. '대상의 세계와 구별
된 인식·행위의 주체이며, 체험 내용이 변화해도 동일성을 지속하
여, 작용·반응·체험·사고·의욕의 작용을 하는 의식의 통일체.'

나는 나에 대해 얼마나 알고 있을까? 내 삶의 주체로 살고 있을

까? 남이 아닌 나를 의식하며 사는 시간은 얼마나 될까? 시간이 흐를수록 나는 계속 변하지만 여전히 나는 나다. 매 순간 새로운 경험을 하고 매번 다른 선택을 하지만 나는 하나다. 웃다가 뒤돌아서서 펑펑 울고, 한없이 다정하다가 어느 순간 싸늘해지는 변덕을 부려도 모두 같은 사람이다. 의기충천했다가 한없이 꺼지는 마음도 다 내 안에 있다.

종잡을 수 없고 헷갈리는 나를 스스로 견디기 어려울 때, 내 사진을 들여다본다. 내가 좋아하는 나, 따뜻해 보이는 나, 삶을 긍정하고 나를 믿는 표정의 나를 열심히 찾아본다. 웃는 내 모습을 봐야 할 때를 대비해서 공들여 화장한 날이나 마음에 드는 옷을 입고 외출하기 전에는 셀카를 찍어 둔다. 정면을 응시하고 있는 나와 눈을 맞추고 환하게 따라 웃는다. 내가 나를 예뻐해 준다. 그래야 그런 나를 남들도 귀하게 봐줄 테니까.

사진은 사랑의 다양한 버전이다. 사랑의 표정, 사랑의 몸짓, 사랑이 피어나는 순간의 빛깔, 사랑이 드리우는 그림자 같은 것. 사진을 볼 때마다 사랑이 내게 달려오던 순간의 기쁨을 되살린다.

볼 때마다 나를 웃게 만드는 사진 목록 하나. 15년 전, 딸 하연이가 7살 때 나를 향해 달려오는 순간을 담은 사진이다. '아름다움 수집 일기'에 붙어 있는 이 사진의 제목은 '사랑이 내게 달려와'이다. 전에도 자주 꺼내 보았지만 수집 일기에 붙이던 날, 한참을 들여다보았다. 사진을 마주하고 있는 그 순간만은 내 삶이 온통 환희로 가득 찬 것 같았다.

엄마니까 내가 더 많이 사랑하는 걸 거라고 아무 의심 없이 살아왔다. 시간이 흐르고 아이들의 어린 시절을 돌아보며 틀린 생각이었음을 깨달았다. 아이들이 나를 사랑한 만큼 나는 아이들을 사랑해주지 못했다. 내 사랑은 절대적인 신뢰와 100% 순도의 사랑이 아니었다. 사랑하긴 했으나 모든 걸 내어준 적은 없었다. 사랑하면서 버거웠고, 사랑한다면서 미웠고, 사랑이라는 이름으로 순종을 요구했다.

아이들은 달랐다. 온통 사랑뿐인 존재였다. 언제나 조건 없이 환한 얼굴로 나를 향해 달려왔다. 순수하고 완전한 사랑이었다. 달려오는 딸의 사진을 보면서 생각했다. '이런 사랑을 받으려고 내가 태어난 거구나. 나는 사랑을 낳은 거였어.' 사진을 보는 동안 아이들을 향한 자책과 후회의 짐을 조금은 내려놓았다. 사랑한 순간을 더 많이 기억하자고 다짐하면서.

볼 때마다 나를 웃게 만드는 사진 목록 둘. 식구들과 오랜만에 동네 음식점에 갔다. 원목 가구가 정갈하게 놓여 있고, 노란 조명이 부드럽고 따뜻한 분위기를 풍기는 식당이었다. 조용하고 아늑했다. 손님은 우리 가족뿐이었다. 작은 창가에 놓여있던 예쁜 1인용 책상에 눈을 떼지 못하고 있었다. 그때 딸아이가 "엄마, 거기 앉아 봐." 하길래 냉큼 앉아 포즈를 취했다. 자리로 돌아와 사진을 확인하는 순간 강렬하게 스쳐 갔던 기쁨! 사진 속에 내 마음이 그대로 담겨 있었다. 내가 웃고 있었다. 얼굴만이 아니라 온몸이, 나의 존재가 환하게 웃고 있었다. 프레임 밖으로 남편과 아이들이 식탁에 둘러앉은 풍경이 그려졌다. 넷이 함께여서, 식당이 예뻐서, 함박스테이크와 파스타가 맛있어서 행복했다. 잊지 못할 코로나 시대 6월의 저녁 풍경이 내 독사진 안에 다 담겨 있었다.

볼 때마다 나를 웃게 만드는 사진 목록 셋. 50살이 되어 맞은 첫해의 봄이 지날 무렵, 집 근처 호수공원에 다녀왔다. 장미축제가 막 끝난 터라 공원 입구가 온통 꽃천지였다. 분홍색 장미 터널에서 찍은 사진 한 장이 마음에 들었다. 출력해서 '아름다움 수집 일기'에 붙였다. '추억의 빛깔'이라 제목을 적고 짧은 일기를 썼다. 내 사진을 '오늘 수집한 아름다움'이라고 붙여놓는 게 좀 겸연쩍어서, '분홍 장미가 고와서'라고 에둘러 썼다. 특별한 하루였다. 자주 웃었기 때문이다. 이 사진을 꺼내 볼 때마다 내 마음은 순식간에 분홍빛으로 물들 것이다. 실제 나보다 훨씬 젊고 예뻐 보이는 나를 흐뭇해하며 바라보고 따라 웃게 될 것이다.

사진 속 나와 '아름다움 수집 일기'에 사진을 오려 붙이는 나, 훌쩍 나이가 들어 셀카 따위 찍고 싶지 않을지도 모르는 미래의 내가 동시에 그려졌다. 언젠가는 사진에서만 볼 수 있게 될 나도. 《존 버거의 글로 쓴 사진》을 읽다가 발견한 인용 문장에 멈칫했다. '사진은 끝없는 응시로부터 나오는 무의식적인 영감이다. 사진은 순간과 영원을 붙든다.'는 앙리 카르티에 브레송의 말이었다. 순간과 영원 사이를 가늠해보려고 애쓰다가 나는 괜히 뭉클해지고 코끝이 찡해졌다.

'사진을 찍는 그를 향해 웃었지만, 결국 나를 향해 웃는 것. 삶을 향해 미소 짓는 것.'

'아름다움 수집 일기'에 써 놓은 글과 사진을 보며 나는 '나'를 다시 사랑할 준비를 한다.

나를 웃게 하는 사진 찾기

휴대폰 사진 갤러리에는 다양한 삶의 흔적이 저장되어 있습니다. 멋진 카페 풍경, 맛집에서 찍은 음식, 단체 사진, 사고 싶은 물건, 선물 받은 물건, 나무, 산책길에서 만난 고양이, 강아지, 풀꽃, 읽고 있는 책 표지, 아이들, 그리고 사랑하는 이의 뒷모습 등. 수많은 기억이 모자이크를 이루고 있는 사진첩을 보고 있으면 마치 삶의 무늬처럼 보입니다.

잠시 짬을 내어 사진 갤러리를 살펴보세요. 문득 함박웃음을 짓게 만드는 사진이 나타날 겁니다. 그 사진을 따로 저장해서 제목을 붙이고 짤막한 글로 그 순간을 기념해 보세요. 사진 속의 주인공에게 보내주는 건 어떨까요? 뭔가 아름다운 일이 벌어질 수도 있겠네요.

혹시 고른 사진이 자신을 찍은 사진이라면, 마주 보고 활짝 웃어주세요. 어딘가에 잠자고 있던 사랑의 기운이 기지개를 켜고 용솟음칠지도 모르니까요.

08

세상의 모든
푸른 빛깔과
물방울무늬

'엄마'로, 내 입맛보다는 식구들 입맛에 맞는 밥상을 차려야 하는 '주부'로 살았던 30대 때는 나를 존중하고 사랑하는 법을 몰랐다. 작은 실수도 용납하지 못했고, 사소한 아픔에도 무너져 내려 회복하는 데 오랜 시간이 필요했다. 그러다 보니 늘 부족한 엄마라는 생각에 괴로웠다. 남편과는 냉정과 열정 사이를 오락가락하며 집안을 살얼음판으로 만들곤 했다. 아이들 독서 지도를 하면서도 지나치게 자신을 채찍질하며 소모적으로 일했다. 취미생활도, 소소한 즐거움을 위한 쇼핑도 사치라고 여겼다.

"엄마가 최선이라고 여긴 거지, 우리가 원했던 건 아니었어요."

어느덧 대학생이 된 아들과 고등학생이 된 딸의 말에 땅이 꺼지는 것 같은 충격을 받았다. 찬찬히 지나온 삶을 돌아보았다. 나는 뭘 하고 살았나. 지난 세월을 뭉텅이로 날려버릴 수는 없었다.

이 세상에 존재하지 않았던 생명을 잉태하고, 살을 찢는 고통으로 낳아 길렀으며, 삶을 지탱하기 위해 반복되는 살림을 해냈고, 사람답게 살기 위해 배우고 가르치며 온전한 인간으로 살아왔다고 당당하게 대답하고 싶었다. 하지만 자신이 없었다. "누구나 다 그러고 살아." 하는 자조 섞인 말이 자꾸 튀어나오려고 했다. 그때마다 고개를 저었다. 내가 사라진 시간, 그 시간을 바쳐 일궈낸 날들은 결코 의미 없는 시절이 아니었다. 조목조목 다시 이름 붙여 주고 싶었다.

일단 나를 먼저 찾아야 했다. 나는 언제 뭘 할 때 기쁜 사람이었지? 무얼 좋아하지?

나는 물방울무늬를 좋아한다. 세상에 존재하는 모든 파란색을 좋아한다. 깊고 푸른 바다 색깔 위에 하얀 동그라미가 일정하게 그려진 무늬의 물건을 보면 홀린 듯 집어 든다. 연희동 폴란드 그릇 가게에서 물방울무늬 찻잔을 발견했을 때, 소유욕에 불타올랐다. 투박하고 묵직한 질감도, 손으로 직접 그린 그림이라 살짝 실수한 흔적이 보이는 무늬도 좋았다. 머리로는 몇 끼 반찬값인데 하면서도 어느새 요리조리 돌려보며 함박웃음을 지었다. "선물 포장 해 주세요." 이 찻잔만큼은 나를 위한 선물로 삼고 싶었다.

남편과 아이들이 30분 간격으로 집을 나선 뒤 남은 음식을 모아 대충 아침을 먹고 설거지를 하고 세탁기를 돌리고 방을 정리하고 청소기를 돌린다. 그러고 나면 커피 한 잔 마시며 숨 돌리는 시간이 잠깐 찾아왔다. 그렇다고 나만을 위해 정식 찻잔 세트를 꺼내는 일은 드물었다. 설거지거리만 늘고, 수납장에 다시 넣어두는 것조차 귀찮았으니까. 대충 아무 머그컵이나 집어 뜨거운 믹스 커피를 타서 소파에 앉는 것만으로도 만족했다.

나를 위한 찻잔을 사고 난 뒤부터는 달랐다. 찻잔을 보면 마음이 선명해졌다. 땡글땡글한 눈동자들이 나를 쳐다보는 것만 같았다. 상큼하고 발랄하게 하루를 시작하고 싶어 잘 보이는 곳에 놓아두고 자주 썼다. 기분이 울적한 날은 찻잔과 티코스터까지 챙겨 분위기를 잡았다. 좋아하는 사람이 집에 오면 꼭 이 찻잔에 커피를 대접했다.

어느 저녁, 외출했다 집에 돌아와 보니 손잡이 반대편 쪽으로 1cm가량 이가 나간 찻잔이 싱크대 위에 놓여 있었다. 남편이 설거지하다가 놓쳤단다. 왜 꼭 깨지는 그릇은 마음먹고 사서 조심조심 쓰는 것들인지! 이가 나갔어도 차마 버릴 수가 없었다. 책상 위로 자리를 옮겨 아끼는 마스킹 테이프와 구름 메모지, 알록달록한 색 띠지를 넣어두었다.

물방울무늬와 파란색에 열광하는 내가 가장 아끼는 옷은 남색 바탕에 하얀 동그라미가 그려진 니트다. 처음 이 옷을 발견했을 때, 마치 집에 있는 접시가 옷걸이에 걸려 있는 것 같았다. 냉큼 사서 집에 오자마자 한바탕 패션쇼를 했다. 아…… 그런데 청바지 말고는 어울리는 옷이 없었다. 결국 남색 코듀로이 치마까지 사게 되었다. 치마와 물방울무늬 니트를 갖춰 입고 거울 앞에 서서 얼마나 흡족했던가. 옷차림에 어울리는 구두가 없다는 사실이 떠올라 잠시 심란했지만 말이다.

마흔일곱 살, 그 니트를 입고 찍은 사진 속 나는 미간에 힘을 빼고 편안한 미소를 짓고 있다. 홍대 근처의 카페였던가. 탁자에 아

79

인슈페너 두 잔이 놓여 있고, 나는 고개를 돌려 창밖을 보고 있다. 창가에 나무가 있었던 걸로 기억한다. 살짝 입꼬리가 올라가 있다는 건 그 시간이 퍽 즐거웠단 이야기. 여전히 삶은 복잡하고 힘든 문제투성이지만, 사랑하는 사람과 커피 한 잔 나누며 살 수 있다면 그런대로 살만한 것 아닌가 생각하는 얼굴이다.

지난 3년 동안 옷장 정리를 할 때마다 물방울무늬 니트를 들고 망설였다. 보풀이 많아지고 소매 끝 하얀 부분에는 지워지지 않는 누런 얼룩까지 생겼다. 배와 허벅지까지 가려야 편한 50살 내 몸에 허리는 너무 짧아 불편하고, 팔은 꽉 낀다. 옷 정리함에 넣었다가 며칠 후 다시 꺼냈다. 쪽가위를 들고 수없이 일어난 보풀들을 잘라낸 후 다시 입었다. 대전의 한 도서관에서 강의를 끝내고 참석한 분들과 커피를 마시러 갔다. 담소를 나누는 장면이 찍힌 사진을 받아들고 환하게 웃었다. 니트를 입은 팔뚝은 터질 듯하고 숄로 배를 가리고 있었지만 표정만은 세상 편안해 보였다. 그 사진을 5년 전 사진 옆에 나란히 두고 보았다. 버리지 않길 참 잘했다는 생각이 들었다.

취향은 그냥 생기지 않는다. 좋아하는 마음이 생기고, 그 마음을 따라 움직이다 보면 점점 더 좋아지게 된다. 갖고 싶은 걸 사기 위해 돈을 따로 모으고 내 손에 들어올 날을 기다리면서 애정을 키우기도 한다. 비슷한 걸 자꾸 사면서 나랑 더 잘 맞는 것을 찾아

발품을 판다. 그러는 동안 내가 언제 뭘 할 때 기쁜지 스스로 탐구할 기회를 얻는다.

40대 중반에 이르러서야 내 책만 따로 꽂아두는 책장이 생겼다. 3년에 걸쳐 내 의자와 내 책상을 마련했다. 쉰을 앞두고 태어나서 처음 혼자 해외 여행길에 올랐다. 이제 나는 식구들이 좋아하지 않는 요리를 한다. 나를 위해 팥죽을 쑤고, 브로콜리 수프를 끓인다. 그동안 가족들 뒷바라지하느라 소홀했던 내 입맛을 존중해주기로 한 것이다. 사람들을 만나면 아이들이나 남편 얘기가 아닌 내가 좋아하는 것들을 얘기한다.

시작은 이렇다. "세상의 모든 푸른 빛깔에 매혹되고요, 물방울 무늬를 좋아합니다."

내가 좋아하는 것들 적어보기

여러분은 뭘 좋아하세요? 생각만 해도 마음이 환해지는 것, 나를
고양시키는 것, 조각조각 모아 완성해 나가는 즐거움을 주는 것
들은 무엇인가요?

저는 '사소하지만 귀하고, 별거 아니지만 기쁨이 되는 나의 취향'
이라는 제목으로 틈틈이 모아가고 있어요. 오늘은 함께 찾아볼까
요? 채우고, 꾸미고, 가꾸고 싶은 내 삶의 영역들을 떠올려 보면
서요.

09

혼자만
알고 싶었던
시

너무 좋아서 나만 몰래 읽고 싶은 시를 발견할 때가 있다. 결국은 더 열심히 소개하고 다닐 거면서, 처음엔 일단 내 품에 꼭 끌어안고 본다.

라이너 쿤체 시집을 처음 만난 곳은 '알모책방'이었다. 동시집들이 빼곡하게 꽂힌 책장 맨 아래 칸, 선물하려고 찾고 있던 '울라브 하우게' 시집 옆에서 《나와 마주하는 시간》을 발견했다. 처음 보는 시인이었다. 마침 비닐 포장이 벗겨져 있던 상태라 그 자리에서 몇 편 읽어 보았다. 〈뒤처진 새〉라는 시를 읽고 심장이 쿵, 떨어지는 줄 알았다. 해 질 녘, 순천만 풍경이 떠올랐다.

순천에 도착해 습지를 보려고 서둘렀지만 폐장까지 한 시간도 채 남지 않은 시각이었다. 순천만에 언제 다시 올지 모르는 터라 모노레일을 타고 이동했다. 해가 지고 있었다. 대부분의 사람이 입구로 돌아가는 열차를 타러 맞은편에서 내 쪽으로 걸어왔다. 더 들어가서 봐야 하나 고민하며 천천히 걸음을 옮겼다. 얼마 안 가서 이제 길 위에는 나 혼자만 남았다. 선홍빛 하늘이 머리 위에 드리워졌다.

세상에 오직 나와 습지의 생명체들만 존재하는 것 같았다. 아주 가까이에서 새의 날갯짓 소리가 들려왔다. '끽끽, 푸드득, 끼익, 서걱서걱.' 그 소리를 어떻게 글로 옮길 수 있을까! 바람이 불 때마다 갈댓잎이 사그락거렸다. 갈대숲 냄새에 취해 물가에 앉았다. 수풀 사이로 분주하게 날개를 푸드덕거리는 새가 있었다. 먹이를 찾는지 몹시 부산스러웠다. 고요한 풍경이면서도 온갖 소리가 물가를 채우고 있었다.

검은 형체들이 내 머리 위를 지나 앞으로 쑤욱 날아가는 모습에 깜짝 놀라 하늘을 쳐다보았다. 철새들이 V자 형태를 이루며 날아가고 있었다. 주위는 어두워져 가고, 모노레일 역의 불빛만 점점 더 선명해졌다. 멋진 순간을 찍어두고 싶었지만 휴대폰이 방전되어 그럴 수도 없었다. 온몸의 감각을 열고 주위의 풍경과 소리, 냄새를 마음에 새기려고 애썼다. 나의 내면이 완벽히 충전되는 느낌이었다.

철새 떼가 도나우 강을 건널 때면 시인은 기다린다고 했다. 멋진 선형을 이루며 떼를 지어가는 새들이 아닌 '뒤처진 새'를. 작정하고 기다렸다가 뒤처진 새에게 눈길을 주며 힘을 보내는 마음이란 대체 어떤 마음일까. 뒤처진 새가 꼭 나인 것만 같아서 울컥했을까? '남들과 발맞출 수 없다는 것'이 어떤 마음인지, 어릴 적부터 '내가 안다'고 읊조리는 시인의 모습을 상상하다가 책장에 머리를 기대고 울 뻔했다.

누구에게도 뒤지지 않을 만큼 시간을 허투루 쓰지 않고 열심히 살았다. 쉰을 바라보는 나이가 허망하게 느껴지지 않도록, 이렇다

할 이력도 성과도 없어 조바심 나는 마음을 감추기 위해, 거의 매일 자정 넘어서까지 책을 읽고 필사하고 글을 썼다. 아무도 '일'이라고 여기지 않는 책 읽기를 중요한 '일'이라 믿으며 부지런히 읽었다. 소속도 없고 당연히 월급도 없지만 책이라는 직장에 출근하는 것처럼 치열하게 읽고, 모임을 기획하고, 운영하며 몇 년을 살았다. 두 권의 책을 내고, 독서 모임 여러 개를 운영했다. 그런데도 뒤처진 마음이 들 때가 많았다. 중쇄를 거듭하는 작가들, 숨 가쁘게 강의하는 사람들이 부러웠다. 그렇게 이 시는 마음 깊은 곳에 숨겨둔 열패감을 건드렸다.

도대체 뭘 위해 이렇게 열심히 살고 있나 싶을 때가 있다. 어쩌다 들어오는 강의 수입도 거의 책값과 차비로 충당하면 사라진다. 남편이 벌어다 주는 돈으로 책 사서 읽고 좋은 사람들에게 둘러싸여 꽤 괜찮은 모습으로 살고 있지 않느냐, 작가도 되지 않았느냐, 배부른 소리 하는 거 아니냐는 평가를 받을까 봐 나를 포장하는 날도 많았다. 그런 나에게 '그게 어떤 건지, 내가 안다'는 시구는 듬직하고 따스하고 커다란 손이 내 등을 쓸어주는 것만 같았다.

독문학자이자 번역가인 전영애 교수가 쓴 《시인의 집》에 라이너 쿤체 시인에 대한 이야기가 실려 있는 걸 발견하고 얼마나 기뻤는지 모른다. 현존하는 독일 최고의 시인으로 불리는 라이너 쿤체는 구동독에서 광부의 아들로 태어났다. 어려서 병약하게 자랐고, 대학에서 철학과 언론을 공부하고 강의하던 중 반체제작가로

지목되어 해직되었다고 한다. 보조 자물쇠공으로 일하며 시를 썼고, 그 기록은 《파일명 '서정시'》라는 제목으로 출간되었다. 1977년 추방당한 후 서독으로 이주한 그는 섬세하고 따뜻한 서정시를 쓰는 저항 시인으로서 많은 이들의 존경과 사랑을 받고 있다.

독일어와 시를 매개로 소통하는 라이너 쿤체 시인과 전영애 교수의 각별한 인연과 우정에 깊이 감명받았다. 한 인간이 다른 인간에게 베푸는 친절은 더 큰 선의와 존경으로 이어져 아름다운 시와 글이 담긴 두 권의 책으로 내 앞에 가지런히 놓여 있다. 두 시인을 존경하게 되었다.

독서 모임 때마다 라이너 쿤체 이야기를 들려주다가 감동을 주체하지 못하고, 2020년 8월 7일 인스타그램 라이브 방송을 감행했다. '봄날의책' 출판사의 허락을 받아 〈뒤처진 새〉를 낭송하고 떨리는 목소리로 시인에게서 받은 감동을 나누었다. 두 번에 걸친 방송 후 공개적으로 약속을 하고 말았다. 십 년 뒤, 파사우에 있는 라이너 쿤체 시인의 집과 전영애 교수님이 시인을 위해 헌정한 시정(詩亭)을 보러 가겠다고. 깃발 들고 서 있을 테니 함께 가고 싶은 사람은 지금부터 같이 준비하자고.

시인의 집과 정자는 시인 사후에 일반인에게 공개된다고 한다. 너무나 소심하게 십 년의 세월 뒤로 약속을 잡은 것이 후회된다. 시간을 앞당겨 먼발치에서나마 시인 곁에 머물다 오는 게 어때서. 아무튼 2030년 8월 9일 금요일 출발, 8월 21 도착하는 13일간의 독일 여행 계획이 내 휴대폰 달력에 입력되어 있다.

나는 이 모든 일이 신기하기만 하다. 시 한 편이 내 앞에 툭 떨어져 십 년 뒤의 삶까지 가슴 설레게 하다니. 특히 〈뒤처진 새〉는 독일 피셔 출판사에서 나온 판본에는 들어 있지 않은, 오직 한국어 번역본을 위해 시인이 특별히 추가한 시라고 한다. 전영애 교수와의 각별한 인연 덕분에 이 시를 만난 셈이다.

나는 이 시를 읽으며 어떤 비밀스러운 손길을 상상했다. 그 손길이 알모책방 시집이 모여 있는 맨 아래 책장에, 내가 아끼는 울라부 하우게 시집 옆에, 그것도 포장용 비닐을 벗겨서 꽂아두었다고. 내가 〈뒤처진 새〉를 발견할 수 있도록. 그 시집은 분명 나를 위해 거기 있었다.

《나와 마주하는 시간》의 원제는 '네 자신과 함께 있는 시간'이라고 한다. '나와 마주하는 시간'과 '내가 내 자신과 함께 있는 시간'은 느낌이 많이 달랐다. 시를 만나기 이전에 나를 마주하는 시간은 자꾸만 나를 몰아세우며 더 열심히 해야 해, 남들처럼 질주해야 돼, 다그치는 시간이었다. 번듯한 직장, 매달 일정한 액수가 찍히는 월급 통장 같이 어떻게든 눈에 보이는 성과를 열망했다. 어떻게 하면 인기 강사가 될 수 있을까 궁리하고, 어떤 방법을 썼길래 팔로워 수가 늘어나는지 궁금해서 염탐하듯 SNS를 헤집고 다닌 날도 많았다. 보면 볼수록 자신감은 쪼그라들고 질투심에 가슴이 쓰렸다. 바깥으로 뻗쳐 있던 촉수를 거두어들이고 스스로 격려하며 나에게 충실하기까지 오랜 시간이 걸렸다. 지금도 여전히 흔들리지만 조금은 유연해졌다. 내 마음을 알아주는 시들 덕분이었다. 시를 읽는 순간 나는 다른 세계로 건너가 조금은 마음에 드는 나를 만날 수 있었다.

시를 읽는다는 것은 일상을 예술로 끌어올리는 행위다. 간결한 시 한 편을 소리 내어 읽으면 복잡하게 꼬여있던 마음이 스르륵 풀어지곤 한다. 자괴감을 불러일으키는 못난 생각들이 흘러들어 마음이 흐트러지면 가지런히 배열된 시어를 들여다보았다. 누군가에게 무심코 한 말이 창피하고 후회스러울 때는 품위 넘치는 시어를 힘주어 필사했다.

〈은엉겅퀴〉라는 시에서 라이너 쿤체의 시선이 향하는 대상은 땅에 납작 엎드려 피어 있는 작은 식물이다. '행여 남에게 그림자를 드리우지 않기 위해 뒤로 물러서 있고 땅에 몸을 대고 있는' 꽃을 들여다보기 위해 시인은 얼마나 몸을 낮추었을지. 그림자 속에서도 빛의 존재를 알아본 시인 덕분에 나는 평범한 일상 속에서 아름다운 것들을 발견하는 노하우를 전수받았다. 걸음을 멈추고 몸을 낮춰 구석구석 오래 들여다보기. 느리고 뒤처지는 것들이 없나 살펴보기. 내 힘을 보태주기.

마음이 울적한 날, 〈뒤처진 새〉를 읽고 또 읽는다. 지쳐서 자꾸 뒤처지는 새를 상징하듯 '날아오며'의 시어는 앞 행의 끝말에 맞추어 뒤로 물러나 있다. 감각적인 시어의 배치를 보면서 새를 바라보는 노시인의 깊숙한 눈매와 아늑하고 고요한 눈길을 상상해보게 된다. 뒤처진 내 마음도 다시, 힘차게 날아오르는 것 같다.

이 시를 읽고 나서 나는 시를 쓰고 싶은 열망에 사로잡혔다. 초등학생 시절 동시 짓기 숙제를 할 때 어설픈 행갈이로 시 흉내를 낸 것처럼 시인에 대한 마음을 적어보았다.

국민 시인이라 칭송받는 이가
스스로 뒤로 물러선다.
자신의 커다란 그림자에 가려져
표정과 눈빛이 보이지 않는 이들을
마주 보기 위해
기꺼이 몸을 낮춘다.

위로로,
사려 깊은 조언으로,
폐부를 찌르는 충언으로,
다시
가만한 포옹으로
감싸 안는 시인의 언어.

그림자는 물러나고
시인이 눈부시게 서 있다.
그의 시로 연결된 우리는
모두 함께 빛난다.

아름다움 수집 미션

시를 배달시켜 볼까요?

마음이 한없이 곤두박질치는 날이 있습니다. 한 번 바닥으로 떨어진 마음은 다시 끌어올리기 쉽지 않습니다. 그럴 때일수록 우리 자신을, 뒤처진 마음을 위로하는 묘책이 필요합니다. 여러분은 어떠세요? 마음을 회복하는 특별 처방전이 있으신가요?

저는 시를 권하고 싶습니다. 저에게는 좋아하는 시만 모아 정성껏 필사한 노트가 있어요. 그 노트는 마음이 병들었을 때를 위한 응급처방 약이기도 합니다. 어떤 시부터 읽어야 할지 막막하다면 메일링 서비스나 앱을 활용하시는 방법을 추천합니다.

저는 '박노해 시인의 숨고르기'라는 제목으로 매주 화요일마다 아름다운 시 한 편을 메일로 받아보고 있어요. 창비출판사의 시 앱 '시요일'은 유료 서비스이지만 일부 도서관에서는 회원들에게 무료로 서비스를 지원하고 있습니다. 분주한 일상 속, 정기적으로 배달되는 시 한 편으로 잠시 숨 고르기 하시면 어떨까요?

10

책을 읽다
떠오르는 사람

책을 읽다 문득 떠오르는 사람이 있다는 건 행복한 일이다. 그 사람이 내게 어떤 존재인지 불현듯 깨닫게 해주는 구절을 읽으며 가만히 좋아한 적이 많다. 맞아, 내게도 이런 친구가 있지, 마음이 환해진다.

2020년 봄, 보낸 이를 알 수 없는 택배 상자를 받았다. 커피와 초콜릿, 견과류 한 통이 들어 있는 상자에는 제조회사 주소만 덩그러니 적혀 있었다. 확인해 보니 독서 모임을 함께한 선생님이었다. 바로 전화를 걸어 감사 인사와 함께 즐겁게 이야기를 나누었다. 아끼는 물방울무늬 찻잔에 커피를 내리고 예쁜 접시에 초콜릿을 담은 사진을 문자로 보냈다. 답장이 왔다. 녹음파일이었다. 맑고 힘 있는 목소리, 또박또박 온기 넘치는 목소리로 녹음된 구절은 그즈음 나도 다시 읽고 있던 책이었다. 눈물이 핑 도는 순간 새 메시지가 떴다. "며칠 전 밤에 《랩 걸》을 읽다가 갑자기 선생님께 고마운 마음이 불쑥! 선생님께 무슨 선물을 드리지 고민하다가 제 마음을 보냈답니다."

하고 싶은 말이 너무 많았다. 빌에게 그가 혼자가 아니라고, 그리고 절대 앞으로도 혼자가 아닐 것이라고 말하고 싶었다. 이 세상에는 그의 친구가 있다고, 그 친구들은 절대 빛이 바래거나 녹아 없어지지 않을, 피보다 더 진한 무엇인가로 그와 튼튼하게 묶여 있는 사람들이라는 것을 빌이 알게 해주고 싶었다. 내가 숨을 쉬는 한 그가 배고프거나 춥거나 엄마 없는 아이처럼 살지는 않게 될 것이라는 점을 알게 해주고 싶었다. 두 손이 다 있지 않아도, 주거지가 불명확해도, 폐가 깨끗하지 않아도, 사회적 예절이 부족해도, 사람들이 좋아하고 없어서는 안 된다고 생각하게 만드는 명랑한 성격이 아니더라도 상관없다고. 우리의 미래가 어떻게 전개된다 하더라도 내 첫 임무는 세상에 구덩이 하나를 파고 빌이 들어가서 괴팍한 자기 모습 그대로 안전하게 살 자리를 마련해주는 것이 될 것이다.

— 호프 자런,《랩 걸》, 알마

모든 독서 모임이 취소되고 한 달이 넘도록 집안에 틀어박혀 책만 읽으며 지내던 때였다. 저절로 관계를 점검하게 되었다. 정말 만나고 싶은 사람, 이야기를 나누고 싶은 사람의 얼굴이 명확히 떠오르곤 했다. 내가 맺고 있는 수많은 관계 속에 구체적인 말과 행위로 관계를 가꾸어 나가는 사람은 몇이나 될까. 사람이 그리워질 때마다 함께 읽은 책들을 뒤적이며 마음을 다독였다. 몸은 멀리 떨어져 있어도 책으로 연결된 사람들. 독서 모임에서 함께 읽은 책을 펼치면 하나둘 그리운 얼굴이 떠올랐다. 표정, 목소리, 손짓까지 기억난다. 그때처럼 고개를 끄덕이거나 울컥하거나 환하게 웃음 지으면서 깨닫곤 한다. 함께 읽은 책을 다시 펼치는 순간 우리는 다시 만나는 거라고.

　"《그리운 메이 아줌마》책을 보면 선생님이 떠올라요."
　"책방에《스토너》가 있더라고요~ 스토너 표지에 관해 얘기하던 게 생각났어요, 하하!"
　"서점에 울라브 하우게 시집이 놓여 있는데 얼마나 반갑던지요! 선생님이 읽어주셨던《어린 나무의 눈을 털어주다》생각이 나서 데리고 왔어요.^^"

　나는 책을 읽다 생각나는 사람이 가깝고 친하게 느껴진다. 만나서 속 깊은 이야기를 나누고 싶다. 어떤 구절을 읽다가 얼른 달려가 그 사람 앞에 책을 들이밀며 "이것 봐요, 딱 당신 같지 않아요?" 이렇게 흥분하며 이야기를 나누고 싶은 사람. 나에게는 그가 '절친'이다. 어떤 장면에서 생각난 사람 때문에 사무치게 가슴이 아파오면 그제야 몹시 아끼는 사람이었다는 걸 깨닫기도 한다. 그러니 책을 보다 내가 생각났다는 그 사람들을 어찌 내 사람이라 여기지 않을 수 있을까.

　'코모레비'こもれび [木漏れ日・木洩れ日] : 나뭇잎 사이로 비치는 햇빛, 햇빛의 조각.

이 말을 처음 알게 되었을 때 참 아름다운 단어라고 생각했다. 책을 읽다가 그런 느낌이 들 때가 많았다. 강렬한 태양 빛도 아니고, 한꺼번에 쏟아져 내리는 햇살도 아닌 살랑거리는 나뭇잎들 사이로 언뜻언뜻 비추던 햇살, 찰나의 희열 같은.

일상의 '코모레비' 같은 순간은 언제일까? 기다리던 택배 상자를 열어볼 때? 아침 설거지 후 세탁기를 돌리고 청소를 마친 뒤 커피 한 잔을 마실 때? 오랜만에 만난 친구와 카페에 마주 앉았을 때? 아이들이 상을 받았을 때? 그 어떤 것도 순간의 만족을 줄 뿐 내내 신나고 힘이 되진 않는다. 보람이 느껴지지 않는 반복적인 집안일을 할 때나 늘 씨름해야 하는 아이들과의 일상 속에서 '코모레비' 같은 순간은 쉽게 찾아오지 않는다.

무미건조하고 칙칙한 일상에서 반짝이는 것들을 찾아내기 위해서는 의지가 필요하다. 스스로 만들어나가는 노력이 있어야 가능하다. 어쩌다 떠오른 사람이 있으면 전화든 문자든 신호를 보내야 마음이 연결된다. 서로의 존재에 대해 새삼 감동하거나, 가슴이 뛰거나, 생기를 되찾거나, 새로운 계획을 세우는 일이 벌어진다.

나뭇잎 뒤로 사라졌다가 금세 다시 반짝 나타나는 빛들을 보면서 그날이 그날 같은 일상이 어떻게 하면 반짝이는 나날들이 될 수 있을까 오래 고심해왔다. 예고 없이 받는 마음의 선물이나 다정한 안부 문자, 빼곡히 써 내려간 편지를 받을 때마다 결심한다.

나도 누군가에게 반짝이는 순간을 선물하는 사람이 되겠다고. 책을 읽다가, 영화 한 편을 보고 나서, 좋은 것, 아름다운 것을 나누고 싶은 마음이 들 때면 어떻게든 표현하려고 노력한다. 그 순간을 놓치지 않고 마음을 전했을 때 받는 사람보다 내가 먼저 기쁨으로 충만해진다. 누군가가 나를 생각해 주거나 기도해 주거나 진심을 전해 주었을 때 내 삶은 환히 빛났다. 그들에게서 배운 걸 나도 따라 하려고 노력한다.

루이스 버즈비가 쓴 《노란 불빛의 서점》은 책과 사람들 사이에 펼쳐지는 특별한 우정과 교감이 잘 묘사되어 있다. '독서는 혼자서 하는 외로운 행위지만 세계와 손잡기를 요구하는 행위'라고 말하며 정말로 좋아하는 것, 특별히 애정을 품은 것들을 공유하는 기쁨을 곳곳에서 보여 준다.

그녀와 나의 우정은 우리의 책 사랑보다 더 진했지만, 책에 대한 극진한 애정이야말로 늘 우리 관계의 중심을 차지했다. 책과 일상 사이에서 어떤 경계를 발견한다는 건 우리 두 사람에게는 있을 수 없는 일이다. 요즈음엔 1년에 여섯 차례밖에 못 만나지만, 일주일에 한두 번씩은 꼭 전화를 걸어 이런저런 정담을 나눈다. 그레타가 전화를 걸어오는 시간은 언제나 아침나절인데, 그때마다 그녀는 흥분으로 숨이 다 넘어갈 듯하다.

"당신, 그 책 읽었어?"

그날 밤 그리고 그 이후, 그레타가 내게 얘기해주려 했던 것은 책은 언제나 옳기 때문에 우리는 결코 외롭지 않다는 것이다.

                            - 루이스 버즈비,《노란 불빛의 서점》, 문학동네

내게 '독서 모임'은 '삶'의 다른 이름이다. 책은 생명력을 지니고 있어서 읽는 동안 내 가슴은 더 힘차게 박동한다. 더 많이, 더 잘 사랑하고 싶어진다.

책을 읽으며 부지런히 다이어리에 적는다. 책을 읽고 나누고 싶은 이야기, 이 책을 읽은 다음 읽고 싶은 책, 이 책으로 진행하고 싶은 독서 모임의 주제. 그리고 이 책을 함께 읽자고 꼬드길 사람들의 이름.

반짝반짝 살랑살랑 보고 싶은 얼굴들이 마음에 일렁인다. 아름다운 책을 함께 읽고 싶은 사람들, 나의 '코모레비'다. 함께 책을 읽으며 서로의 삶에 잊지 못할 흔적을 남기는 독서 모임을 계속하는 한 나는 누구보다 친한 사람이 많은 사람 부자가 되지 않을까? 참으로 고마운 일이다.

아름다움 수집 미션

생각나는 이에게 안부 인사 전하기

당신에게도 그레타, 혹은 루이스 같은 친구가 있으신가요? 오늘
은 꼭 안부 인사를 건네 보세요. 요즘 읽고 있는 책에 대한 이야
기를 나눠보는 것도 좋겠지요.(이 책을 읽다가 생각나서 연락했다
고 해 주시면 저는 너무나 기쁘겠고요^^) 당신의 다정한 안부 인사가
받는 이에게 기쁨과 활기를 전해줄 겁니다. 서로의 얼굴을 떠올
리며 환히 웃는 모습을 상상해 봅니다. 서로에게 코모레비 같은
존재가 되는 하루를 기원합니다!

11

엄마의 편지

지금 제 앞에는 누렇게 바랜 명함 크기의 낡은 쪽지 하나가 놓여 있습니다. 뒷면에는 농약 회사 이름이 적혀 있고, 오래되어 닳아버린 가장자리를 투명테이프로 감싼 작은 종잇조각이에요. 처음에는 지갑에 넣어 다녔고, 한동안 보라색 고운 천으로 만든 반짇고리에 담아두기도 했지요. 지금은 아름다움 수집 일기장에 붙어 있습니다. 스무 살 때 엄마가 써준, 올해로 꼭 30년 된 편지입니다.

엄마는 깔끔하고 부지런한 살림꾼이었어요. 엄마의 밥상은 늘 푸짐하고 정갈했습니다. 봄에는 진달래 화전을 부치고, 여름에는 콩국수를 밀고, 겨울에는 동태국을 끓여주었지요. 지금도 계절이 지나도록 이 음식을 먹지 못하면 뭔가 빠진 듯 허전한 마음이 들곤 합니다. 그뿐인가요. 찹쌀 도넛, 찐빵, 떡볶이, 옥수수, 꽈배기. 엄마표 간식은 웬만한 분식집 메뉴보다 맛있었어요. 할부금 내느라 허리가 휘면서도 읽는 족족 새로운 문학 전집을 들여와 주시던 엄마, 형편이 안 되어 세 딸 모두 피아노를 가르치지 못한 걸 내내 가슴 아파하시던 엄마, 겨울이면 목욕물을 데워 네 아이의 때를 밀어주시던 엄마. 그때는 몰랐어요. 그 모든 것이 '사랑'이라는 걸요.

장녀로서 공부를 잘해야 한다는 부담감은 학창 시절 내내 저를 짓눌렀고 동생들과 싸우는 것도 지긋지긋했습니다. 엄마는 절에 다니셨지만 저는 고등학교 2학년 때부터 교회에 다니기 시작했어요. 처음 교회에 갔던 날, 생소한 분위기 속에서도 기대감으로 두근거렸던 기억이 납니다. 아마 제 삶에 처음으로 생생하게 다가온 '사랑'이라는 말 때문이었을 거예요. 그때까지 한 번도 '너를 사랑한다'라는 말을 들어본 적이 없었거든요. 한창 '나'에 대해 의문을 품고 세상에 호기심을 갖고 있던 나이. 눈에 보이지 않는 존재지만 다른 누구도 아닌 나를 사랑한다는 메시지가 기적처럼 다가왔고, 간절하게 믿어졌습니다. 부모님의 반대가 심했지만 몰래 교회를 다니며 더 열심히 공부했습니다.

대학 합격 소식을 듣자마자 저는 서울 상도동에 자취방을 얻었습니다. 주인집과 붙어 있는 작은 방이었지요. 개강하려면 한참 남았는데도 저는 집을 떠나 혼자 살기 시작했습니다. 도망치듯 집을 떠나는 딸을 보며 엄마는 어떤 심정이셨을까요?

자취를 시작한 첫해 4월, 생일을 앞두고 주말에 집에 갔습니다. 밥상을 물리고 난 뒤 딸기를 씻어 가져온 엄마가 작은 상자를 내밀었어요. 그 안에는 십자가 목걸이가 들어있었습니다. 독실한 불교 신자였던 엄마가 십자가 목걸이라뇨. 그리고 그 안에 함께 들어 있던 작은 쪽지, 태어나서 처음 받아본 엄마의 편지였습니다.

"큰딸 화정아 생일을 축하한다/ 더 큰 선물을 해주면 좋을 걸/

미안하다/ 다음 해에 해줄께/ 엄마가"

　찬장 속에 넣어 둔 메모지에서 '진미채, 파, 계란, 물미역, 동태, 엿기름'을 적어 놓은 글씨나, 가계부에 콩나물값, 가스비, 주산 학원비 등을 적어 둔 글씨밖에 보지 못했던 저는 쪽지에 적힌 엄마의 글씨가 너무나 신기했습니다. 장 볼 목록을 적은 글씨체와는 조금 달랐거든요. 지금도 식탁에 앉아 볼펜을 쥐고 또박또박 가지런하게 글씨를 쓰는 엄마를 상상하면 눈물이 핑 돕니다. 틀린 맞춤법도 정겹게만 느껴지고요.

　엄마가 어렸을 때, 외할아버지가 사고로 돌아가셨다고 해요. 엄마는 초등학교만 겨우 졸업하고 할머니 농사일을 돕다가 미용사가 되었어요. 중학생 무렵 엄마의 학력을 적을 때 창피해했던 기억이 납니다. 하지만 철이 들고 난 뒤로 저는 엄마를 존경하고 자랑스럽게 생각합니다. 학교에서 배우는 지식 이상으로 엄마는 몸으로 익힌 삶의 지혜가 넘치는 분이세요. 인간에 대한 예의, 품위 있는 삶에 대해 저는 책을 끌어안고 고민하지만, 엄마는 그 가치를 실현하며 사십니다.

　"화정아, 엄마 시장 다녀올게. 밥 얻으러 다니시는 할아버지 오시면 찬장에 밥이랑 멸치 담아두었으니까 꺼내 드려. 엄마 없다고 그냥 가시게 하면 안 된다!"

　아홉 살 무렵이었습니다. 저는 엄마가 미웠어요. 그 할아버지는 냄새나서 싫고 무서웠거든요. 지금도 엄마 집은 시도 때도 없이 찾아와 커피와 과일을 드시고 가는 어르신들로 분주합니다. 힘들게 농사지어 절이고 새벽 찬 바람 쐬며 씻어놓은 김장 배추도 아낌없이 마구 퍼주는 사람, 무슨 일이든 항상 제일 먼저 불려가는 사람, 가장 늦게까지 남아 동네 일을 하는 사람. 우리 엄마는 그런 사람입니다.

엄마는 남의 가슴에 못 박는 말을 못 하십니다. 가끔 저에게 '지랄한다'고 하신 적이 있습니다만, 그건 진짜 제가 지랄맞아서였을 겁니다. 저는 엄마만큼 경우 바르고, 사리 분별 똑바로 하고, 품이 넉넉한 사람을 보지 못했습니다. 인문학이 사람이 사람답게 살기 위한 공부라면, 엄마는 인문학 박사 학위를 받아도 모자랍니다.

엄마는 더 큰 선물을 못 해주어 미안하다지만, 제 곁에 건강하게 계셔 주시는 것만으로도 이미 세상에서 가장 크고 귀한 선물입니다.

그 편지에 바로 답장을 하지는 못했습니다. 생신 때나 어버이날 감사 편지는 많이 썼어도 살갑게 애정을 표현하는 딸은 아니었어요. 사랑한다는 말도 겨우 편지 말미에 적는 정도였지요. 아이 둘을 낳아 기르면서 오히려 아이들에게 사랑을 제대로 배웠습니다. "사랑해요, 엄마."라고 수시로 나를 끌어안아 주는 아이를 마주 안으면서도 어릴 적 엄마 품에 안긴 저를 상상해 본 적은 없었어요.

그러다 신시아 라일런트의 《그리운 메이 아줌마》를 읽으면서 비로소 깨달았습니다. 6살에 고아가 된 서머가 메이 아줌마와 오브 아저씨를 만나 함께 살게 되는데요, 어느 날 밤, 아저씨가 메이 아줌마의 머리를 땋아 주는 광경을 보게 됩니다. 서머는 둘 사이에 흐르던 것이 사랑이라는 걸 알아챈 것은 자기 역시 엄마에게서 넉넉한 사랑을 받았기 때문이라고 확신하지요. 엄마가 어린 아기인 자신의 머리를 빗겨주고 베이비로션을 발라 준 뒤, 밤새도록 안아주는 장면을 상상하는 서머를 보며 저도 엄마의 흑백 사진 한 장을 떠올렸습니다. 하얀 포대기에 싸인 저를 안고 있는 엄마 모습을요.

아이들이 더는 저를 살갑게 안아주지 않는 나이가 된 뒤로 저는 엄마를 안아드리기 시작했습니다. 처음에는 정말 쑥스러웠어요. 엄마도 어색해하셨지요. 이제는 친정에서 집으로 나서기 전 엄마와 꼭 포옹합니다. 엄마도 저를 꽉 끌어안아 주시지요. 편지를 쓸 때면 연애편지 못지않게 사랑 고백을 합니다. 엄마 덕분에 이 세상에 태어나 누리는 모든 것들이 감사하다고. 엄마가 살아낸 모든 날이 대단하다고. 엄마가 키우는 자식들과 손주들, 마늘과 고추, 엄마의 꽃밭, 평범한 일상을 지탱해주는 엄마의 손길, 그 모든 것들을 존경한다고. 무엇보다 나의 엄마여서 너무나 고맙다고.

엄마에게 이 글을 보여 드리는 날 약속을 받아야겠습니다. 다음 해, 그다음 해에도 계속 더 큰 선물을 달라고요. 스무 살 때 엄마에게 받은 첫 편지의 답장을 이 글로 대신합니다. 이 글을 읽어주신 여러분이 함께 써 주신 셈입니다. 고맙습니다.

"엄마, 고마워요. 태어나는 순간부터 엄마는 엄마를 제게 선물로 주셨어요. 엄마는 존재 자체로 경이로운 선물입니다. 사랑합니다."

아름다움 수집 미션

편지 쓰기

사는 동안 힘들고 고통스러운 일이 찾아오면 무엇에 의지하며 견딜 수 있을까요?

제 방에는 여러 개의 편지 상자들이 쌓여 있습니다. 친구들과 주고받은 편지들을 모아둔 상자, 남편과의 연애편지만 모아둔 상자, 독서 모임에서 만난 분들의 편지와 독자에게서 받은 편지들을 담아둔 상자, 2020년에 받은 편지들만 따로 담아둔 파우치도 있습니다.

이 상자에는 수많은 마음이 고이 담겨 있습니다. 좋아하는 마음, 고마운 마음, 미안한 마음, 응원하는 마음, 사랑하는 마음, 고백하는 마음…… 이사할 때마다 귀중품처럼 챙깁니다.

만약 평안한 일상이 계속되었다면 아름다움 수집 일기를 시작하지 않았을 겁니다. 아픈 몸으로 살아가는 남편을 돌보며, 코로나 바이러스가 일상의 즐거움을 빼앗아가는 과정을 지켜보며, 무엇이든 간절히 붙들고 싶은 마음으로 쓴 것이니까요.

고통을 통과하는 과정에서 꼭 필요한 것은 마음을 드러내는 일입니다. 따뜻한 말 한마디, 힘주어 손을 잡고 깊이 껴안는 행위도 효과적이겠지만, 때로는 이런 마음을 글로 표현해 보는 건 어떨까요? 글은 말이나 행동보다 더 오래 효과가 지속되니까요. 마음을 담은 글 한 줄이 시름시름 앓는 마음에 어떤 약보다 강력한 효과가 있다는 걸 믿어요.

여러분, 오늘은 편지를 쓰며 사랑하세요. 누구에게든 꼭이요.

12

우리가
살아낸 시간의
얼굴

오정희 산문집 《내 마음의 무늬》
중 〈시간의 얼굴〉이라는 챕터를 읽었을 때다. 막 50대로 진입한
작가의 선배 언니는 '생이 주는 환상과 환멸을 넘어선 나이에 이
르니 있는 그대로의 모습, 본연의 아름다움이 보인다'고 말한다.
가슴이 요동쳤다. '아름다움'이라니. 흡족함과 안도감이 밀려들
었다.

'태어나는 순간부터 이제까지 나이가 변모시킨 우리들의 얼굴,
그것은 바로 우리가 살아낸 시간의 얼굴'이라는 대목에서 나는 중
요한 질문과 마주했다. 나는 지금 어떤 얼굴을 갖고 있을까? 50대
를 지나며 나는 어떤 얼굴로 나이 들어갈까?

내가 50대라니. 쉰이라는 나이가 될 줄 몰랐다. 여자들에게 나
이 앞자리 수가 바뀌는 건 보통 일이 아니다. 얼른 어른이 되고 싶
었던 10대를 제외하고는 '어서 30대가 되어야지!', '40대가 정말
기대돼!', '50대는 정말 근사할 거야!' 따위의 말은 들어본 적이
없다. 속절없이 나이를 먹고 있다는 생각에 허둥거리기 시작한 건
코앞에 닥친 육아며 학업 뒷바라지를 얼추 끝낸 40대 중반이었다.
마흔을 맞을 때만 해도 조바심은 없었다. 이리저리 치이던 관계들
속에서 중심을 잡기 시작했고, 이제는 내가 하고 싶은 대로 살겠
다며 의지를 불태웠다. 책을 열심히 읽었다. 독서 모임을 하며 이

전과는 다른 방식으로 삶을 일구는 데 주력했다. 40대 후반이 훌쩍 지나갔다.

나이 드는 건 현실이다. 매일 나이 들고 있고, 변하고 있다. 아이들 대학교육, 취업 준비와 결혼, 남편의 퇴직과 부모님의 노후를 생각하면 두려움이 엄습한다. 눈에 띄게 쇠약해진 부모님을 뵐 때마다 마음이 조급해진다. 아들이 벌써 20대 중반이라는 사실에 비로소 내 나이가 현실적으로 느껴지기도 했다. 가까운 분들이 병에 걸리거나 돌아가시면 겁이 나고 슬퍼졌다. 나이 듦이라는 길고 긴 터널 속으로 들어가야 한다는 사실을 외면하고 싶었다.

나이가 든다는 것은 해결하고 처리해야 할 일이 그만큼 많아진다는 의미기도 하다. 돈 걱정이 제일 크다. 생각이 뒤죽박죽 엉키고 무력감이 밀려올 때면, 어떻게 고상하게 나이 들어갈 것인가의 문제는 사치처럼 느껴지기도 한다. 그런데도 품위 있는 노후를 포기할 수 없다. 그래서 책을 펼친다. 도피하듯 책을 읽는다고 해도, 그 안에서 헤매는 건 안전하다. 책 속에 명쾌한 해답이 없다는 것도 이미 알고 있다. 책을 읽는 행위 자체가 무기력과 불안을 뚫고 나가겠다는 의지의 표현이므로, 그저 오늘도 읽을 뿐이다.

품위 있게 살려면 뭐든 지속해서 해야 하는 일이 있어야 한다는 걸 절감한다. 내가 좋아하고 몰두하는 일이 돈과는 무관한 일이라 해도 가치 있게 평가되었으면 좋겠다. 책을 읽는 것, 글을 쓰는 것, 좋은 어른이 되는 것. 모두 중요한 일이다. 쓰레기 분리수거를 철저히 하고, 일회용품을 줄이기 위해 노력하고, 사회 문제를 다룬 책을 읽고 자신이 할 수 있는 일을 고민하는 것도 마찬가지다. 작은 일이라도 실천하기를 애쓰며 좋은 시민으로 자리매김하기 위해 부단히 애쓰는 일, 그 모든 것이 잘 나이 드는 데 필요한 '중요한 일'이다.

나이라는 것은 가슴 서늘한 자각이기도 하고 희망이고 욕망이고 절망이기도 하다. 살아갈 용기를 주는가 하면 걸림돌이고 빛남이면서 부끄러움이기도 하여 살아가는 날들이 바로 죽어가는 날들이라는 역설을 이해하게 된다.

오정희,《내 마음의 무늬》, 황금부엉이

인생의 역설을 수긍하며 받아들일 수 있는 것도 나이가 주는 선물이다. 사별과 상실의 고통이 기다리고 있다는 것을 담담하게 인정하고, 나이를 먹으면서 하지 못 하는 일이 있음을 받아들일 준비를 한다. 나이를 먹어도 여전히 미숙한 자신에 대한 부끄러움은 분명 있을 터. 그런데도 예고 없이 나타날 멋지고 아름다운 풍경들을 나는 기대한다.

50대를 지나 나이 들어가는 내 모습을 상상해 보았다. 돋보기를 쓰고 책을 읽고, 독서 모임을 하고, 어린이들에게 그림책을 읽어주는 모습이 그려진다. 책을 읽다가 고개를 끄덕이거나 지우개 달린 연필로 밑줄을 긋고, 쿡 하고 웃음을 터뜨리거나 눈물을 뚝 뚝 흘리는 모습. 책에서 길어 올린 중요한 질문에 답하기 위해 골똘히 생각하다가 어느덧 얼굴이 환해지는 모습을 누가 그려준다면《고맙습니다, 선생님》에 나오는 트리샤 같았으면 좋겠다. 글자 속에 깃든 문장의 의미와 처음으로 조우하던 순간, 그 경이로움에 입을 다물지 못하는 그런 얼굴 말이다.

아름다운 것에 감응하며 기뻐하는 얼굴은 빛이 난다. 그런 의미에서 '있는 그대로의 모습, 본연의 아름다움이 보이는' 나이가 50대라고 한 말은 큰 위안이 된다. 자연스럽고 편안한 얼굴, 내가 되고 싶었던 모습에 가까워지고 싶다. 마치 소설《스토너》의 표지에 담긴 얼굴처럼. 스토너가 평생 문학의 경이로움에 사로잡혀 살아가는 동안 스스로 책이 되어가는 모습이 내게는 너무도 아름다워 보였다.

나이를 먹는다, 늙어간다, 나이가 든다…… 이런 말 말고 '계속 자라는 중이다'라고 표현하고 싶다. 나는 여전히 배우고, 깨닫고, 수정하고, 깊어지는 중이기 때문이다. 주름이 늘어가고, 뱃살이 출렁이고, 관절이 삐거덕거려도 여전히 내 안에는 아이 같은 순전함과 사그라지지 않는 뜨거운 사랑이 존재한다. 어떤 마음가짐으로 사느냐에 따라 삶이 달라지는 건 어느 연령대든 마찬가지다. 하지만 50대에 접어들면서 나는 더 절실한 마음으로 내 삶의 태도를 돌아보게 되었다. 놓치고 사는 것들이 뭔지 알게 되었다. 사소한 일에서도 중요한 가치를 발견할 수 있게 되었다. 작은 일에도 감사하고, 더 자주 감탄하고, 젊을 때보다도 훨씬 더 시간을 소중히 여기게 되었다. 50대는 성장과 확장의 절정기가 될 수도 있지 않을까?

나이 오십이 넘으면 남의 삶을 기웃거리기보다는 자신이 세워둔 울타리 안에서 제 흥에 겨워 사는 법을 익혀야 한다고 생각한다. 타인으로부터 온 통찰은 진정한 내 것이 될 수 없다. 스스로 질문을 만들어내고, 바깥에서 가져온 말이 아닌 나의 언어로 정직하고 성실하게 사유하며 성찰하는 수밖에 없다. 자신이 머무는 자리를 풍성하게 가꾸는 사람, 살아온 이야기를 진솔하게 들려줌으로써 세상을 좀 더 다양한 각도에서 바라보자고 초대하는 사람, 남을 의식하지 않고 자신의 내면을 고요하게 들여다보는 사람, 내가 그리는 50대의 모습이다.

나이 듦의 고달픈 현실로 삶의 반경은 좁아질 테지만 대신 단단한 밀도로 채울 수 있다. 자연스럽고 편안한 모습으로 일상을 꾸려가고 싶다. 머무는 자리를 더 아름답게 가꾸는 사람이고 싶다. 지금 내가 하는 일에 성의를 다하고, 내 앞에 존재하는 사람을 소중히 여기며 하루하루 온 마음 다해 살고 싶다. 그건 나이를 먹는 게 아니라 내 삶을 가꿔나가는 일이고, 여전히 자라는 일이다.

아끼는 후배들이 내 등을 바라보고 있는 게 느껴질 때가 있다.

아이들이 둘 다 성인이 되어 조금은 여유로워진 나를 부러워한다.

50대의 삶이 조금은 괜찮아 보일 수 있도록 잘 살고 싶다. 나이 들어가는 게 우울한 일만은 아니며, 사유와 성찰을 게을리하지 않는다면 통찰력과 혜안으로 빛나는 시기일 수도 있다고 말해주고, 보여주고 싶다. 축적되는 경험 속에서 얼마든지 새로운 가능성을 발견할 수 있는 나이가 50대라고 기대하게 만들고 싶다. 소박하고 정겨운 길을 정성껏 가꾸며 걸어가고 싶다. 가끔은 모퉁이 저편에서 기다리고 있다가 반겨주기도 하고, 성큼성큼 앞을 향해 나아가다 저 앞에 무엇이 있는지 탐험한 이야기도 들려주면서. 가끔 돌아보다 힘들게 주저앉아 있는 사람이 저 멀리 보이면 부리나케 뛰어가 손을 부여잡고 일으켜 세워주는 선배. 얼마나 근사할까.

50대의 삶을 기대한다. 봄 같은 청춘은 갔다고 말하는 사람도 있지만, 봄은 매해 더 찬란하게 나를 찾아올 것이다. 새봄을 맞을 때마다 나는 내 나이를 축하하며 고요한 환희를 맛볼 것이다. 우아하고 힘찬 반전 같은 50대의 사랑을 축하할 것이다. 사랑만큼은 언제나 봄처럼 밝고 따스하게. 그러니 더 잘 사랑하려고 애쓰며 사는 50대의 얼굴은 당연히 아름다울 거라 믿는다.

지금 내 나이 정의해보기

하이케 팔러, 발레리오 비달리의 《100 인생 그림책》은 태어나는 순간부터 100세까지 삶에 대한 반짝이는 통찰이 담겨 있는 책입니다. 각 나이에 관한 정의 혹은 특징, 나이가 주는 선물, 고통, 희열 등이 짧은 문장에 담겨 있습니다.

여러분의 나이 옆에 한 줄을 남긴다면 무슨 말을 쓰고 싶나요? 저는 그 책을 보고 저의 지나온 나이와 다가올 나이에 대해 이렇게 적어 보았습니다.

27. 엄마가 되었네. 아가, 엄마도 열심히 자랄게.

39. 괜찮아, 다 잘하지 않아도.

46. 한 달에 한 번 독서 모임이 있어서 다행이야. 나는 중요한 사람.

51. 아름다움 수집 일기, 오늘은 무얼 적게 될까?

60. 여기는 독일 파사우, 아름답고 푸른 도나우강을 바라보며 라이너 쿤체 시를 낭독하다.

13

위대한 살림가들

코로나19 바이러스의 여파로 집에서 밥을 먹는 횟수가 부쩍 늘었다. 사회적 거리 두기 단계가 높아질수록 집안일의 강도도 덩달아 높아졌다. 아침에 나가면 저녁까지 먹고 들어오던 대학생 둘이 온라인 수업을 받게 되자 제2의 육아가 시작된 기분이었다.(아이들의 목소리가 들리는 듯하다. 엄마~~~쫌!) 전보다 훨씬 더 자주 장을 봐야 했다. 아침은 어차피 차려도 안 먹으니 점심과 저녁 두 끼만 해결하면 됐지만, 그것만으로도 늘 신경이 곤두섰다.

"바쁜 엄마여, 신경 쓰지 마소서!"

엄마의 스트레스를 감지한 아이들이 알아서 챙겨 먹겠다고 나섰으나 그 결과는 배달 앱 VVIP 회원 등극이었다. 재활용 통엔 라면 봉지만 수북이 쌓여갔다. 대안으로 반조리 식품을 사다 냉장고에 쟁여놓기도 하고, 식당에서 포장해올 때도 있었다. 그렇다고 매끼 뭘 먹나 하는 고민이 줄지는 않았다.

장을 보려면 계획이 필요하다. 냉장고에 남아 있는 채소와 과일, 소스류 등을 가늠해보며 메모를 시작한다. 어떤 날은 동선을 잘 짜보겠다며 가공식품/고기류/채소류/유제품 코너 등으로 나눠 적기도 한다. (그렇게 열심히 적은 걸 간혹 두고 나갈 때가 문제지만) 책을 읽다가 '앗, 당근' 하며 채워 넣고, 문서 작성을 하면서도 머리 한쪽에서는 부지런히 저녁 메뉴를 짠다. 장 볼 계획 세우기와 세 끼 메뉴 짜기는 어떤 기술에도 뒤지지 않는 고차원적인 두뇌활동이라는 생각이 든다.

장바구니를 채우며 고려해야 할 사항은 또 얼마나 많은가. 머릿속으로 남은 생활비를 계산하며 물 좋은 대하나 전복을 힐끗거리고 지나갈 때의 박탈감, 유기농 코너와 일반 코너 사이를 왔다 갔다 하며 망설일 때의 복잡한 심리. 길고 긴 선택의 순간이 지나면 카트가 수북해지고 피로감이 엄습한다.

그렇게 잔뜩 장을 본 날은 분주하기가 이루 말할 수 없다. 트렁크에 싣느라 낑낑, 엘리베이터 없는 빌라 3층을 헉헉거리며 올라가느라 기진맥진. 짐을 풀어 칸칸이 넣고 소분 작업하기, 양파 베란다로 옮기기, 두부 등 1+1 제품의 과대 포장 해체하기. 그다음 본격적인 요리에 돌입한다.

장을 본 김에 밑반찬 두어 가지를 만들어 두려면 큰맘 먹고 시작해야 한다. 이런 날이면, 싱크대 앞에 서 있는 시간은 설거지까지 포함 최소 세 시간 남짓. 쌀 씻어 앉히기, 시금치 데칠 물 올리고 다듬어 씻기, 카레에 쓸 채소 다듬기, 시금치 삶기, 카레에 들어갈 닭가슴살 씻어 반은 썰고, 반은 냉동실에 넣기, 시금치 무치기(각종 양념 꺼내고 넣는 행위는 생략), 양파를 갈색이 날 때까지 볶다가 남은 재료 넣고 카레 끓이기, 달걀 다섯 개 풀어 놓기, 당근과 파 다져서 섞어 놓기, 계란말이 시작, 카레는 하루 숙성 후 다음 날 먹기, 미역 불리기, 김치 냉장고에서 김치 꺼내 썰어 담기, 오징어채는 물에 헹구어 팬에 볶은 후 양념하기······ 대파를 산 날은 일이 더 많아진다. 과일 세정제를 뿌린 후 하나씩 일일이 씻어 물기를 뺀 후 찌개용 어슷썰기, 볶음/무침용 다지기로 손질해 나누어 담은 후 냉동. 그 사이에 밥 먹는 15분 정도만 잠깐 앉을 수 있다. (헉헉 쓰는 것도 숨차다)

코로나 시대가 가사 업무에 몰고 온 긍정적인 면도 있다. 식구들의 가사분담률이 높아졌다. 책상 앞에 앉아 책과 노트를 펼쳐놓고 정신없이 일하는 내 모습이 각인되자, 남편과 아이들은 빨래가 쌓이면 급한 사람이 먼저 세탁기를 돌리기 시작했다. 세탁이 끝나면 건조기에 옮기고, 건조가 끝나면 개켜서 분류하는 것도 착착 알아서 한다. (내가 안 하면 각자 알아서 한다는 걸 이제야 알았다!) 주중에는 내가 가볍게 청소기를 돌리고, 주말 대청소는 남편이 담당한다. 음식물 쓰레기는 아들이 맡았고 딸은 자잘한 집안일을 직접 처리하거나 오빠에게 할당하는 주번 역할을 한다. 나는 다림질과 옷장 정리를 한다. 그래도 식사 준비는 오롯이 내 몫이다.

미역국 끓이는 걸 배우겠다는 아들에게 시범을 보인 적이 있다. "자른 미역을 한 줌 덜어 물에 불리고 깨끗이 씻어서 꼭 짜. 미역을 고기와 함께 참기름에 달달 볶아 끓인 후 국간장으로 간을 하면 돼."라고 말하는 사이사이 추가로 설명해야 하는 것들이 열 손가락으로도 모자랐다. 재료와 조리도구는 어디 있는지, 양념은 얼마나 하고, 언제까지 끓여야 하는지, 조개 미역국일 경우 어떻게 달라지는지 등등. 그 후 아들은 미역국을 끓이지 않았다.

설거지란, 요리한 프라이팬 정리하기, 그릇 제자리에 넣기, 채소 봉지 라벨 제거해서 재활용 통에 넣기, 음식물 쓰레기 처리하기 등을 뭉뚱그려서 하는 말이다. 어떤 날은 설거지를 끝낸 뒤에도 행주와 수세미를 삶아야 하고, 잡곡 통을 채워 넣어야 한다. 김치 냉장고의 성에를 제거하고, 반 이상이 비워진 김치통에서 남은 김치를 적당한 그릇에 옮겨 담기도 한다. 조금씩 남은 반찬 그릇들을 체크하며 냉장고 정리를 하다가 정체불명의 까만 봉지를 발견하면 긴장이 된다. 썩어버린 야채에서 물이 흘러나와 있거나 유통기한이 훌쩍 지난 식자재가 나온다면 난장판이 된 냉장고를 들어 엎는 일이 추가된다. 최악의 날이라 할 수 있겠다.

고달프고 짜증 나고 힘에 부치는 부엌일에서 언제쯤 벗어날 수 있을까. 배가 고프지 않은데 때가 되면 상을 차려야 하는 일은 언제까지 이어질까. 그러다 보면, 집안일 하다가 내 인생 다 보낼 것 같아서 세상 억울하고 화가 치민다. 행주를 탁탁 털어 싱크대에 걸쳐 놓고 내 방 책상에 털썩 앉으면 피곤이 몰려왔다. 책을 더 읽고, 하던 일을 마무리하려던 계획은 졸다 깨다를 반복하는 동안 물 건너 가버릴 때가 허다했다.

어느 날 인스타그램에 원더우먼까지 소환하며 쓴 글이 있다. 내가 하는 집안일의 목록이 몇 가지나 될까 궁금해서 오전에 한 일을 정리해보며 쓴 글인데, 피드의 제목은 '파와 은행나무, 그리고 원더우먼'이었다.(주차장에서 대파를 실은 카트를 밀고 가다 노랗게 물든 은행나무에 감탄하며 쓴 글이다. 원더우먼이 살림하는 장면은 본 적이 없는 것 같은데 뜬금없이 원더우먼이라니!)

글을 올리다가 새삼 깨달은 것이 있었다. '그런데도 식구들이 둘러앉아 밥을 먹는 걸 보면서 뿌듯하고 흐뭇하다.'라고 결론 내지 않았다는 것이다. 푸념도, 짜증도, 자기연민으로도 치닫지 않고 기분 좋게 씩씩거리는 내가 보였다. 동시에 이렇게 많은 일을 할 수 있다니. 장을 보고 밥을 지어 먹이고 부엌살림을 총괄하는 일은 얼마나 대단한 업무 능력인가. 멀티태스킹도 이런 멀티태스킹이 없지 않은가! 이 모든 일을 해내는 나는 얼마나 위대한가.

'집안일을 아무나 하는 줄 알아? 자격증 시험을 만들어 봐! 제일 따기 어려울 걸? 근데 뭐야, 표준국어대사전에 가정주부라는 말은 '한 가정의 살림살이를 맡아 꾸려가는 안주인'이라고만 쓰여 있더만! 가정의 CEO, 총괄책임자, 살림 전문가, 의식주 기획자…… 뭐 이런 이름을 붙여줘야 하는 거 아니야?'

속으로 구시렁대면서 조금은 달라진 나를 발견한다. 인간답게 살아가도록 교육하는 일, 사회에 나가 스스로 살아가기까지 돌보고 교육하는 일에 쏟아부은 시간과 물질과 육체적인 노동을 어떻게 헤아릴 수 있을까? 아이들 교육에 기여하는 건 어떻고. 이 사회가 공식적으로 인정하고 존중해주지 않더라도 나는 엄마이자 교육가로서 최선을 다했다고 자부한다.

도무지 보람이라고는 느껴지지 않는 집안일, 내 아이가 곤란해질까 봐 참고 해야 했던 일, 남들의 이목이 신경 쓰여 할 수 없이 해야 했던 일처럼, 조금은 억울하고 힘에 부쳤던 일들을 떠올려본다. 더는 화를 내거나 후회하고 싶진 않다. 이제는 그런 모든 일을 해낸 나를 칭찬해 주고 싶다. 고단했겠다고 안아주고 싶다. 쉰은 기념할 만한 나이다. 때때로 무의미해 보이는 일이었어도 내가 했으니 가치 있는 일이 되었다고 추켜세울 때다. '고마운 줄 알아!' 큰소리 땅땅 쳐도 되는 나이다. 앞으로 남은 세월 나는 나를 인정해주고 잘 사랑하고 싶다.

여전히 장을 보고, 밥을 짓고, 옷을 다리며 투덜거린다. 그런 멀티태스킹의 대가인 나를 자랑스러워하겠다. 매일 열심히 삶을 살리는 '살림'을 하는 나를.

아름다움 수집 미션

오늘은 스스로 칭찬하는 날로 삼아주세요

그러면서도 그녀는 그때 글을 쓴다는 일은 아마 '꿈도 꾸어보지 않은' 듯하다. 그 세대의 보통 여성의 삶을 온종일 살았던 것이 전부였다고 한다. 하시만 그녀는 그러한 보통 주부의 삶을 후일 소설가가 된 이후에 자신의 가장 빛나는 자산으로 품게 되는데, 그건 그녀가 보통 주부면서 결코 보통으로 생각하거나 느끼지는 않았기 때문이다.

— 박완서, 《박완서의 말》, 마음산책 (공지영과 인터뷰한 글 중에서)

박완서 작가님의 글을 발견하고 뛸 듯이 기뻤습니다. 이렇게 힘이 되는 글은 여러분과 나누고 싶어집니다.

오늘은 자신을 칭찬하는 날로 삼아주세요. 지금까지 살아오면서 열심히 한 일, 잘한 일, 꾸준히 한 일, 하기 싫어도 한 일, 결국 실패했어도 시도해 본 일, 포기하지 않고 한 일, 억지로라도 끝낸 일, 억울해도 꿋꿋하게 버틴 일, 부족해도 최선을 다한 일 등. 내가 한 귀한 일을 힘닿는 데까지 적어보는 겁니다. 백만 가지는 거

뜬히 찾을 수 있을 거예요.

다 적었으면 다 같이 만세를 불러봅시다. 우와, 나는 정말 대단해! 하면서요. 이 모든 것이 우리의 빛나는 자산이 될 겁니다. 환한 얼굴로 목록을 적어 내려가는 당신을 상상해봅니다. 번쩍 업어드리고 싶습니다.

14

내 몸을 존중하는
요가

50대로 접어들며 몸에 대한 감각이 예민해졌다. 일정하게 유지해오던 체중이 점점 늘더니 체력이 현저히 떨어졌다. 잇몸 염증으로 자주 고생을 했고, 무리했다 싶으면 방광염이 도졌다. 감정의 변화가 극심해지고, 잠을 못 자고, 열이 나서 고역이라는 소위 '갱년기 증상'을 들을 때마다 겁이 났다. 의지로 극복할 수 있는 문제가 아니라는 말에 더 심란했다. 두루뭉술한 몸매, 늘 뭉쳐 있는 어깨와 목, 여기저기 시큰거리는 관절, 늘어지는 피부들. 모든 게 예전 같지 않다는 생각이 드니 덩달아 마음도 처졌다. 더 잘해야 한다고, 더 노력해야 한다고 자신을 혹독하게 채찍질하며 살아왔다. 주변 사람들과의 관계 속에서 좋은 사람 노릇 하겠다고 과욕을 부리다 지쳐갈 무렵이었다. 몸과 마음을 돌볼 여력이 없이 살다가 이제야 조금 여유가 생겼다 싶었는데 노화라니. 당혹스러웠다.

마흔일곱 살이 되어서야 처음 목돈을 들여 운동을 시작했다. 처음에는 살을 빼는 게 목적이었는데, 요가를 배운 후로는 생각이 달라졌다. 50대의 몸은 증상에 따른 실질적인 처방도 중요하지만 몸에 대한 지속적인 사유가 필요하다는 점을 배우게 되었다. 스트레스가 쌓이고, 괴로운 일이 겹치면 마음 따라 몸도 아플 수 있다는 건 이미 알고 있었다. 병에 걸리거나 다쳐서 일상생활에 큰 변화가 있으면 마음이 수시로 무너질 수밖에 없다. 그런데 어디가 뚜렷이 아픈 것도 아니고 병에 걸린 것도 아닌데 마음이 자꾸 가라앉고 우울해지는 데는 대책이 필요했다.

몸을 존중하는 법을 구체적으로 배운 적이 없었다. 아끼고 존중하는 마음은 대상에 대한 진정한 가치를 알아야 생기는 법이다. 잃은 뒤에야 그 가치를 비로소 깨닫는 경우도 많다. 몸의 변화가 뚜렷해지며 처음으로 내 몸을 의식하던 사춘기 시절, 달리기를 할 때마다 가슴이 신경 쓰여 제대로 달리지 못했던 기억이 생생하다. 학생이니까 조신하게, 젊은 여자니까 날씬하게, 임산부니까 아이 건강을 위해, 엄마니까 튼튼하게. 몸은 늘 조심하고 억압하고 관리해야 하는 대상이었다. 몸이 내 존재의 근간이기에 소중하다는 생각을 별로 해 본 적이 없다. 나이가 들수록 내 마음과 정신을 좌우하며 강력한 존재감을 드러내는 게 '몸'이라는 걸 깨달았다. 모든 몸은 살아내고 있다는 자체만으로 존중받아 마땅하다는 것을 지금에서야 깨닫고 있다. 몸 구석구석 집중하여 몸을 '쓰는' 요가 덕분이다.

몸에 대한 사유, 인식 자체가 새로웠듯 요가의 세계도 낯설고 어려웠다. 몸의 소리를 들어보라든지, 몸에 말을 걸어보라는 말도 생소했다. 호흡법을 따라 하는 것도 어려웠다. 더군다나 몸치인 나는 오른쪽 왼쪽을 헷갈리기 일쑤였고, 박자도 잘 못 맞췄다. 유연한 동작을 척척 해내는 옆 사람을 곁눈질하며 좌절했다. 비명을 지른 적도 많았다. 잠깐 등록했던 요가원에서는 동작을 따라 하지 못해 뻘쭘하게 서 있다가 도망친 경험도 있다. 그런데도 행복했다. 은은한 불빛과 조용한 음악이 흐르는 장소에서 내 몸을 위해 무언가를 하고 있다는 자체가 위안이 되었다. 난이도에 맞춰 내가 할 수 있는 데까지만 하면 된다는 가르침에 마음이 놓였다.

때로는 한 사람이 결정적인 역할을 할 때가 있다. 내가 만난 요가 선생님이 그랬다. 호흡하는 법과 동작 순서를 부드러운 목소리로 알려주고 천천히 시범을 보여 주었다. 무엇보다 그가 수행하는 모든 동작이 우아하고 아름다웠다.

어느 날 수련을 마치고 불을 끄고 누웠다. 선생님이 두 손으로 양쪽 어깨를 지그시 누르고, 옆에 놓아둔 수건을 눈 위에 조심스럽게 올려주었다. 도심의 불빛이 눈꺼풀 위에서 어른대다 암흑으로 변하는 순간, 예상치 못한 눈물이 흘렀다. 갑작스럽게 마주한 부드럽고 사려 깊은 손길이 내 마음 깊은 곳을 어루만진 것 같았다. '아무 생각도 하지 말고 그냥 십 분만 쉬어요. 걱정도 하지 말고, 계획 같은 것도 세우지 말고, 이해하려 애쓰지도 말고, 슬퍼하지도 말고. 정말 아무것도 하지 말고 완벽하게 쉬어요. 딱 십 분만.'

낯설고 어려운 동작을 따라 하느라 애쓴 50분 뒤에 찾아오는 휴식, '사바아사나' 시간이 나는 참 좋았다. 그 10분은 몸을 돌보지 않았던 날들에 사과하는 시간이자, 고여 있던 마음의 노폐물을 빼내는 시간이었다. 가끔 까무룩 잠이 들기도 했고, 입술을 깨물고 울음을 참기도 했다. 운동은 자기와의 싸움이 아니라 자신을 돌보는 행위다. 요가를 하는 동안 나는 내 몸을 아끼고 존중하게 되었다.

'빈야사'는 동작이 물 흐르듯이 연결되는 요가로, 호흡이 무척 중요하다. '깊은 호흡은 내 안의 깊은 마음을 만나는 일'이라는 설명을 들었던 날이었다. 그날은 좀 힘에 부쳤다. 20여 분을 남겨두고 그냥 누워 쉬고 싶다는 생각만 들었다. 오른쪽 등이 갑자기 아팠다. 마치 속상했던 마음이 여기 뭉쳐 있다고 신호를 보내는 것 같았다. 수업이 끝나고 선생님을 기다렸다가 고백했다.

"선생님 오늘 너무 좋았어요. 깊은 호흡이 주는 위안이 뭔지 이제 알겠어요. 오늘 너무너무 어려운 일을 하다가 좌절해서 어떤 사람 앞에서 막 울었거든요. 요가는 조금씩 잘하게 되어서 기뻐요. 늘 어려운데 오늘은 좀 되더라고요! 마지막 호흡할 때 몸이 신호를 보내주었어요. 시작할 땐 몰랐는데 오른쪽 등 아래쪽이 묵직하고 뻐근했어요. 근데 오늘 요가를 하면서 속상했던 마음이 다 풀렸어요. 너무 감사드려요."

몇 년 전에 비하면 확실히 몸과 마음이 유연해졌다. 옆 사람이 아무리 잘해도 이제는 주눅 들지 않는다. 가만히 눈을 감고 호흡을 고르는 동안 나를 지탱하고 있는 뼈와 근육들의 움직임에 집중한다. 무리하게 따라 하지 않고, 동작을 정확하게 익히는 데 의미를 둔다. 자세를 잡고 나서 손끝과 발끝에 힘을 주고 끝까지 자세를 허물지 않고 버티다 보면 조금씩 나아지는 느낌이 들어 좋다.

아직은 어설픈 모양새여도 언젠가는 우아하고 편안한 모습으로 요가를 즐기는 내 모습을 그려본다. 등을 곧게 펴고, 천천히 고개를 돌리고, 숨을 깊게 들이마시고 내쉴 때마다 삶을 대하는 내 자세와 태도를 점검한다. 부르르 몸을 떨며 균형을 잡고, 손과 발을 더 오래 뻗기 위해 애를 쓰는 나의 몸에 다정하게 말을 건다. 잘하고 있다고, 잘 버텼다고, 내일은 좀 더 나아질 거라고. 그렇게 요가를 하며 내 몸을 사랑하는 법을 배운다.

시인 비스와바 쉼보르스카는 '어떤 칭찬이나 보상도 바라지 않고 평생을 성실하고 근면하게, 일요일에도 쉬지 않고 뛰는 심장'에 바치는 〈일요일에 심장에게〉라는 시를 썼다. 나도 50년 동안 정말 애쓰며 산 내 몸에 헌사를 바치고 싶다.

'50년 동안 나를 살게 해 줘서 고마워. 앞으로 정말 귀하게 여기며 살게. 잘 부탁해. 몸아, 마음아, 우리 사이좋게 지내자!'

귀한 나의 몸을 관찰하기

여성에게 두려운 시기 중 하나가 '갱년기'가 아닐까 싶습니다. 저도 쉰 살이 되고 보니 노화의 징후가 하나둘 나타나고 몸이 예전 같지 않습니다. "갱년기라서 그런가 봐.", "나이 들면 어쩔 수 없어."라는 말을 참 많이 들었어요. 조금만 컨디션이 좋지 않으면 저도 습관적으로 그 말을 따라 하는 걸 발견했습니다.

그러다가 다니엘 페나크가 쓴 《몸의 일기》를 감명 깊게 읽은 후 '몸'에 대한 인식이 달라졌습니다. 일부를 소개해 볼게요.

> '이 시대의 몸은 분석을 하면 할수록, 겉으로 드러내면 드러낼수록 덜 존재한다는 거야. 노출과 반비례하여 소멸되는 거지. 내가 매일 일기를 쓴 건 그와는 다른 몸, 그러니까 우리의 길동무, 존재의 장치로서의 몸에 관해서란다.'
>
> – 다니엘 페나크, 《몸의 일기》, 문학과지성사

저는 이 책을 읽으며 몸을 존중하고 몸의 변화를 세심하게 살펴

게 되었어요. 정신과 몸이 조화롭고 사이좋게 지내야 한다는 것
도 알게 되었고요.

저는 건강을 돌보기 위한 운동을 넘어 내 몸을 아끼고 사랑하는
가장 기본적인 삶의 자세를 요가를 하며 배웁니다. 여러분은 어
떤 마음으로 운동을 하시나요? 오늘은 몸에 대해 돌아보는 하루
가 되길 바라며, 책 몇 권 소개합니다.

- 아서 프랭크, 《아픈 몸을 살다》, 봄날의책
- 토머스 린치 외, 《살갗 아래》, 아날로그
- 이아림, 《요가 매트만큼의 세계》, 북라이프
- 다니엘 페나크, 《몸의 일기》, 문학과지성사

15

부지런한 사랑,
해독주스

하루 8시간 이상 '일'을 한다. 업무 강도도 높은 편이다. 책을 읽고, 모임 기획을 하고, 자료를 만든다. 가끔 강의 하고, 독서 모임을 진행하고, 글 쓰는 일까지. 새벽한 시가 넘도록 책상에 앉아 있을 때가 많다. 잇몸 염증이 석 달째 지속되고 있는 데도 미루고 미루다 결국 이를 빼야 하는 지경에 이르렀다.

두 달에 걸쳐 스케일링부터 잇몸치료, 보철물 다시 씌우기, 임플란트 심을 뼈 이식 수술까지 고통스러운 치료가 이어졌다. 잇몸 치료는 처음이었다. 치료과정이 무시무시했다. 치아 표면에 붙어 있는 치석 제거와 달리 잇몸 속에 침투한 치석을 긁어내는 일은 얼얼한 마취부터 고역이었다. 잇몸 깊이를 잴 때는 바늘로 찌르듯 따끔거렸고, 우악스럽게 득득 긁어대는 손놀림은 아픔을 넘어 공포 자체였다. 진료 의자에서 내려오면 다리가 후들거렸다. 별생각이 다 들었다.

'이제 겨우 쉰인데, 벌써부터 이가 빠지면 어쩌나. 두 아이 대학 등록금도 버거운데 나까지 보태게 생겼네. 잇몸이 약해져 찌꺼기가 안으로 쌓였다는데, 스케일링을 받을 때마다 이렇게 아프면 어떡하지?' 눈앞이 캄캄했다.

30대 초반에 치아교정을 했다. 생활비도 빠듯한데 수백만 원을 들여 교정한다는 게 당시에는 말도 안 되는 일이었다.

"선생님 이빨은 왜 그렇게 이상하게 생겼어요?"

독서 수업을 하던 중 한 아이가 말했다. 윗니는 토끼 이빨처럼 툭 튀어나오고, 아랫니는 들쭉날쭉한 게 창피해서 손을 가리고 웃을 때가 많았다. 내게는 심각한 콤플렉스였다.

견적을 받고 며칠 잠을 못 자며 고민했다. 그러다가 상담했던 치과의사에게 메일을 보냈다. 목돈을 낼 여력은 없는데 나눠서 낼 수 있게 해 주면 치료를 받겠다고. 자꾸 비뚤어져 가는 내 마음까지 교정해 달라고 구구절절 편지를 썼다. 그 병원을 찾아갔던 이유도 홈페이지에서 본 한 편의 글 때문이었다. 다른 병원과 달리 고르지 못한 치아 때문에 겪는 힘든 상황과 마음의 상처에 대해 언급하고 있었다. 상담을 하면서도 따스한 인상을 받았다. 2년 남짓한 시간이 흐르고 마지막 진료를 받던 날, 가지런한 치아로 환하게 웃으며 기념사진을 찍었다. 그날 내 안에 가시처럼 박혀 있던 말들을 몽땅 다 뽑아 버렸다.

그 뒤로 20년의 세월이 지나 다시 치과를 드나들면서 나이를 먹었음을 실감하고 있다. 몸이 예전 같지 않다는 서늘한 자각에 자꾸 몸이 움츠러들었다.

'왜 이 지경이 되도록 몰랐을까, 왜 진작 치료를 받지 않았을까, 아까운 돈을 이렇게 써야 한다니.'

후회와 자책의 말들이 마음 벽에 들러붙어 치석만큼이나 단단해지고 있었다. 즐겁고 감동적인 일은 마음에 새겨 두고 오래 간직하고 싶은데 스치듯 지나가 버린다. 반면 부정적인 감정들은 깊숙이 스며들어 끈질기게 붙어 있다가 쓴 위액처럼 솟구치거나 뾰족한 돌덩이가 되어 마음 벽을 이리저리 찔러댄다. 더 굳어지기 전에 긁어내야 한다. 정기적으로 치아 표면을 깨끗하게 정돈해주듯 마음에도 스케일링이 필요하다는 생각이 들었다. 꼼꼼하게 떼어내고 긁어내야 할 말과 생각의 찌꺼기에는 어떤 것들이 있을까?

끔찍한 장면은 뇌리에 각인되고 기분 나쁜 말은 쉬이 사라지지 않는다. 미움과 원망은 시간이 흐를수록 점점 더 단단해진다. 이런 감정들은 우리 마음에 단단히 들러붙어 독소를 뿜어댄다. 마음에 쌓이는 온갖 해로운 찌꺼기들도 정기적으로 청소해주어야 할 것 같다. 마음에 심각한 염증이 생기기 전에 구석구석 스케일링을 해야겠다고 치과 의자에 앉아 결심했다.

자신을 제대로 알고 아껴주라고, 자신을 사랑해 주라고 말하는 책들을 수도 없이 읽었다. 여행, 쇼핑, 글쓰기, 독서 모임, 산책, 배움의 기쁨, 소통, 교감, 소확행…… 자신의 경험담을 들려주며 함께하자고 초대하는 글들이 고마웠다. 읽을 때는 격하게 고개를 끄덕이다가도 읽고 나면 물음표가 더 많아지곤 했다.

'그래 알겠어, 나를 존중하고 사랑하겠어, 나답게 살고 싶어. 근데 어떻게?' 내가 좋아하는 것은 돈이 너무 많이 들었다. 억지로 따라 해 보았지만 그건 그 사람의 기쁨일 뿐, 내 즐거움은 아니었다. 내 식대로 해보기로 했다. 수첩을 펼쳤다. 그리고 내가 정말 원하는 것이 무엇인지 다시, 제대로 물었다.

50년을 살고 보니, 좋아하는 것을 탐구하고 실현하는 것만큼 이제 하기 싫은 일은 안 하며 살고 싶어졌다. 진짜 하고 싶은 말은 에두르지 않고 소신 있게 말하고, 좋은 게 좋은 거라는 말에 "싫은 건 싫은 거죠."라고 응수하며 살고 싶다. 2021년 다이어리 첫 장에 썼다. '까칠하고 솔직하고 자유롭게'. '싫어하는 것들의 목록'을 쓰는 페이지를 따로 마련했다. 무례하고 경우 없는 사람, 빤히 보이는 거짓말, 밥 한번 먹자 해 놓고 연락 없는 사람, 게으른 사람(할 수 있는데 안 하는 사람), 폭력적인 사람, 의리 없는 사람, 지나치게 자신만만한 사람, 인색한 마음, 공주병 걸린 어른, 겸손한 척하는 것.

싫어하는 말들도 적어 보았다. 도대체 너는 왜 그 모양이니, 돈 없어, 다음에, 그게 아니라, 내가 더 힘들어, 그런다고 안 죽어, 나이 들면 다 그런 거야…….

문제는 적으면서 마음이 복잡해졌다는 것. 부정적인 생각 속에서 돋아난 말들은 나의 입에서도 불쑥 튀어나왔고, 싫어하는 사람의 모습이 내 모습과 겹쳐지기도 했다. 마음에 해로운 생각이 툭 떨어지면 독소가 온몸에 퍼지는 건 순식간이다.

잇몸 치료 첫날, 뼈가 녹아내리도록 아픈 걸 방치한 내가 너무나 바보 같고 원망스러웠다. 미우면서도 불쌍했다. 나를 구박하지 말아야겠다고 마음먹었다. 후회한다고 나아질 건 아무것도 없었다. 조금씩 망가지고 자주 삐거덕거리는 내 몸을 안쓰럽게 여기기로 했다. 몸도 이 모양인데 마음에까지 나쁜 찌꺼기를 쌓을 수는 없었다. 나라도 아껴줘야 했다.

잇몸치료가 끝나고 임플란트 시술 전 '상악동 거상술'이라는 뼈 이식 수술을 받는 날이었다. 왼쪽 어금니 부위에 마취 주사를 세 대나 맞았다. "마지막 주사입니다. 좀 뻐근하게 아파요." 의사의 말을 들을 때부터 눈물이 고였다. 마취가 충분히 될 때까지 기다리는 동안 넓은 창 너머 하늘을 바라보았다. 자꾸 눈물이 흘러내렸다. 이를 두 개나 뽑고, 매주 이어지던 잇몸치료도 나름 씩씩하게 잘 버텼는데, 갑작스럽게 쏟아지는 눈물은 당혹스러웠다. 너무 힘들어서가 아니었다. 그 순간 떠오르는 얼굴들 때문이었다. 고통으로 일그러진 남편의 얼굴, 아픈 몸을 사는 지인들, 크고 작은 질병의 고통을 안고 살아가는 수많은 사람들. 하루 세 끼 밥 먹듯 주사를 맞아야 하는 심정은 어떨까.

수술 후 코피가 날 수 있다고 했는데 정말 아무 예고도 없이 주르륵 코피가 떨어졌다. 붉고 선명한 흔적이 마치 마음이 흘린 눈물 같아서 한참 바라보았다. 깊은 슬픔이 스쳐 지나갔다. 동시에 위안도 받았다. 아프고 힘들 때 함께 울어주는 사람이 있다면, 이보다 더 큰 고통이 닥쳐도 의연해질 수 있을 것 같다는 생각이 들었다. 치아교정을 받을 때처럼 이번에도 치과를 다니면서 마음마저 치유 받고 있었다.

여름 늦더위가 가실 무렵, 지인이 SNS에 올린 알록달록한 동영상이 눈길을 끌었다. 브로콜리, 당근, 토마토, 양배추가 보글보글 냄비에서 끓고 있었다. 해독주스를 만든다고 했다. 초록색, 빨간색, 주황색, 흰색이 어우러져 경쾌한 소리를 내며 끓어오르는 장면이 너무 예뻤다. 저걸 먹으면 절로 건강해지겠다 싶었다. 검색창을 열어 레시피를 찾아보고 냉큼 재료를 사다 끓였다. 그 뒤로 익힌 채소를 식혀 사과와 함께 갈아 마시고 있다. 영양제를 꼬박꼬박 챙겨 먹지 못하는 편인데 해독주스는 꾸준히 먹고 있다.

해독주스가 몸속에 있는 나쁜 세포를 얼마나 물리쳤는지, 독소를 얼마나 걸러냈는지 확인할 방법은 없다. 그래도 알록달록한 채소들을 깨끗하게 손질하고, 말끔하게 닦아 채반에 가지런히 놓을 때 기쁘다. 물을 붓고 끓이다가 냄비가 들썩이면 뚜껑을 열고 한참을 즐겁게 들여다본다. 차갑게 식힌 채소와 우러난 물을 믹서에 붓고 사과를 큼직하게 잘라 드르륵 갈 때 쾌감을 느낀다. 남편이 커다란 유리잔을 들고 벌컥벌컥 마시는 모습을 보면 안심이 된다. 안 먹겠다고 실랑이를 벌이는 아이들에게는 사과, 딸기, 귤을 듬뿍 넣어 준다. 빈 잔을 보면 흐뭇하다. 무엇보다 나를 위해 날마다 건강 음료를 만들어 먹는다는 자존감에 몸보다 마음이 먼저 건강해지는 것 같다.

우리 집 부엌에서는 3~4일에 한 번씩 기분 좋은 소리가 들린다. 예쁘고 고운 말, 사랑하는 마음, 기운을 북돋우는 생각들이 도란도란 속삭이는 듯 보글보글 냄비가 들썩인다. 해독 주스를 만들 때마다 내 안에 쌓인 온갖 나쁜 것들을 점검한다. 그것들을 날려 버리는 상상을 한다. 알록달록 예쁜 색깔을 시원하게 들이키며 내 몸과 마음의 독소가 배출되길 기원한다.

아름다움 수집 미션

해독주스 만들어 마시기

오늘은 해독주스를 만들어 볼까요? 당장 일어나서 운동 삼아 장을 보러 가세요.

양배추 한 통, 토마토 한 봉지, 당근 두 개, 브로콜리 한 개, 사과한 봉지, 바나나 한 송이면 됩니다. 양배추, 토마토, 당근, 브로콜리를 각각 100그램씩 넣고 물은 800cc 정도 부어요. 이제 15분정도 끓이면 되는데, 저는 두 배 분량으로 끓여 2~3일간 마셔요. 끓인 다음에는 냉장고에 보관했다가 사과와 바나나(저는 사과만 넣어요)를 섞어 갈아 줍니다. 효과는 다음 날 화장실에서 확인하실 수 있어요. 피부도 맑아진답니다.

무엇보다 해독주스를 먹은 날에는 나 자신에게 큰소리칠 수 있어요. "해독주스 나가신다! 내 안의 나쁜 것들아, 다 사라져라 얍!"

16

창밖의 세계

결혼 후 여섯 번 이사했다. 15평 다세대 주택에서 처음 아파트로 이사할 때, 평생 거기서 살아도 좋겠다고 생각할 만큼 행복했다. 25평 공간에 네 식구가 복닥거리며 10년을 살면서도 별 불만이 없었다. 세 번째도 구조와 평수가 똑같은 집이었다.

어느 날 평촌에 사는 친구 집에 놀러 갔다가 울적해져 돌아왔다. 50평 가까이 되는 넓은 공간, 녹지 무성한 단지보다 부러운 게 있었다. 부엌 창이었다. 아이들 세끼 밥과 간식 준비, 설거지 시간을 합치면 아무리 짧아도 하루에 서너 시간은 기본으로 부엌에 서 있던 시절이었다. 그날 친구 집 부엌에 들어서자 선명한 초록빛이 눈에 쏟아지듯 들어왔다. 커다란 창문 밖으로 나무가 우거져 있었다. 벽을 마주 보고 밥을 짓고 설거지를 할 때마다 그 창이 생각나 서글퍼졌다. 그때 이후 이사 갈 집을 고르는 첫 번째 조건은 부엌 창이었다.

김현진 건축가가 쓴 《진심의 공간》에는 '일상의 공간에서 현실의 슬픔을 이겨내는 방법은 없을까?'라는 구절이 있다. 저자는 나의 마음을 들여다본 것처럼 '현대적인 부엌에서 눈높이의 공간에는 창이 필수다. 창은 마치 휴식처럼 노동과 함께 있다.'고 썼다. 울컥했다.

네 번째 집은 부엌에 창문이 있는 집이었다. 보안 창살이 볼품없게 버티고 있었지만 까치발을 하면 창문 아래로 나무가 보이고, 동과 동 사이 작은 틈으로 멀리 시내까지 시선이 닿는 창이었다. 무한히 반복되는 가사노동의 고달픔, 꿈에 그리던 '나무가 보이는 부엌 창'을 가졌다는 행복이 교차하던 날들이었다. 다섯 번째 집에서는 부엌 창 너머 아파트 단지의 나무들이 보였다. 자정을 훌쩍 넘긴 시간 책을 읽다 잠이 쏟아지면 창 앞에 서 있곤 했다. 불이 켜진 창을 훑어보며 저들은 이 밤 무얼 하느라 못 자고 있을까 생각하곤 했다. '사색의 창'이라 불려도 무방할 만큼 타인의 삶의 풍경을 조망하던 공간이다.

그리고 여섯 번째 집. 스무 살 이후 30년 가까이 살던 서울을 떠나 일산으로 이사 왔다. 두 번이나 미리 봐 둔 남편을 따라 처음 집을 보러 갔던 날, 단지 앞의 숲과 안방 창문 밖에 펼쳐진 상수리나무를 보고 두말없이 결정을 내렸다. 드디어 열망하던 창을 갖게 된 것이다.

이사 온 뒤 창밖의 사계를 유심히 지켜보았다. 바쁜 일상 속에서 놓치고 살았던 게 너무 많았다는 걸 실감했다. 헉헉거리며 살다가 개나리가 눈에 띄면 봄이 왔다고 호들갑을 떨고, 단풍이 들어야 가을이 코앞인 걸 알아채던 나였다. 이제는 상수리나무 가지에 빽빽하게 매달려 있던 초록 잎들이 생기를 잃어가는 모습을 알아차릴 수 있다. 며칠 전까지만 해도 햇빛을 받으면 반짝이던 이 파리들이 퍼석하게 말라가는 게 눈에 띄기 시작하면, 반팔을 입고 있어도 내 마음은 나무를 따라 가을로 접어들었다. 단순히 날씨가 추워졌다고 겨울이라 여기지 않았다. 밤에 쓰레기를 버리러 나갈 때면 코끝에 스치는 공기의 냄새가 확 달라졌음을 느낄 때가 있는데, 내 몸에 각인된 그 '겨울 냄새'를 감지한 날이 겨울이 시작되는 날이었다. 창문을 열 때마다 계절의 냄새를 맡으려고 깊게 숨을 들이마시며 하루를 시작한다.

창밖은 고요하면서도 소란스럽고 가만히 멈춰 있으면서도 분주했다. 바람이 불 때마다 쇄아아 사라락 가지들이 부딪히는 소리를 냈다. 바람이 멈추었을 때 들리는 자연의 침묵은 얼마나 매혹적인지. 가만한 자태로 서 있던 나뭇가지에 박새 두 마리가 날아와 콕콕 가지를 쪼아대다가 날아가면 여린 가지가 잠시 휘청거렸다.

1월이 다가도록 상수리나무 가지에는 바짝 마른 갈색 잎이 무수히 매달려 있었다. 매서운 겨울바람이 세차게 불어도 가지에 꼭 붙어 있는 것이 늘 신기했다. 그날은 나무들이 조용히 서 있었다. 갈색 잎이 촘촘히 붙어 있는 가지가 햇살에 유난히 반짝였다. 가지 끝에 볼품없이 매달려 있는 갈색 잎들이 미세하게 흔들리고 있었다. 대롱대롱 매달린 잎사귀들이 빙그르르 돌거나 시계추처럼 움직였다. 위아래로 펄럭일 때마다 햇빛이 닿는 면이 반짝였다. 그렇게 예쁠 수가 없었다. 책상 앞에 가만히 앉아 하염없이 나뭇가지를 훑어보고, 바닥에 깔린 낙엽을 살펴보기만 해도 어느덧 창은 몰입의 세계로 들어서는 문이 되어주었다.

에마 미첼은《야생의 위로》에서 숲의 위로가 없었다면 죽음 직전까지 위협당했던 우울증을 극복하지 못했을 거라고 고백한다. '그들이 이루는 무늬와 무수히 다양한 초록빛', '아찔하고 다양한 농도의 푸르름' 속에서 놀라고 매혹된 그녀는 숲속에서 숭고함까지 느낀다.

돌이켜 보면 나 역시 집 안에서 그러한 행운을 누렸다. 창밖의 사계에 매료되어 수시로 감동하고 감탄했다. 겨우내 매달려 있는 상수리나무의 갈색 잎들은 기다림의 시간을 견디는 법을 가르쳐 주었고, 더 벅찬 봄을 선물해 주었다. 나를 혹사하며 일하다가 지쳤을 때나 애쓴 노력에 비해 이렇다 할 성과가 없어 기운 빠질 때도 창밖을 멍하니 바라보며 쉬었다.

몇 달 내내, 심지어 3월이 다 가도록 여전히 갈색 잎을 매달고 있는 상수리나무를 지켜보며 혹시 죽은 게 아닐까 노심초사한 적이 있었다. 나무 밑에 수북이 쌓인 마른 잎들을 보면서 내 인생이 길고 지루한 갈색 시간만 반복되는 듯싶었다. 나에게도 과연 푸르고 눈부신 날들이 찾아올까. 의심이 깊어질 무렵 거짓말처럼 연둣빛 잎사귀들이 돋기 시작했다.

예측할 수 있고 규칙적인 삶을 사는 나무를 보고 있으면 안심이 된다. 믿을 구석이 없는 세상이라고 불평하다가도 꼬박꼬박 해가

뜨고 어김없이 밤이 찾아오는 창밖을 볼 때면 마음이 놓인다. 계절의 순환이 보여주는 질서 덕분에 나는 매일 마음의 안정을 얻고 살아갈 힘을 얻는다.

코로나19 바이러스는 1년이 지나도록 물러갈 기미가 없었다. 2021년 새해에 들어서면서 사태는 더 심각해졌다. 동네 단골 서점 '너의 작업실'에서 지역 주민과 책방 이용자들을 위해 작업 공간을 마련해 준 덕분에 그나마 숨통이 트였다. 나머지 대부분의 날은 내 방에 틀어박혀 최소한의 집안일만 하며 글을 썼다. 어떤 아침은 낭랑한 뻐꾸기 소리에 잠이 깼다. 창밖에서 들려오는 무수한 소리가 나를 사로잡았다. 가지가 꺾일 것처럼 세찬 바람이 휘몰아치며 폭우가 쏟아지는 날도 있었다. 창문 안쪽의 나는 안온했고, 좁은 내 방에서 불안한 삶을 견딜 힘을 비축했다. 맞은편 집의 고동색 벽을 배경으로 나풀나풀 눈송이가 내리는 듯싶다가 어느새 펑펑 함박눈이 쏟아진 날은 멋진 풍경화 한 점이 창에 걸려 있는 것 같았다.

아침저녁이, 하루하루가, 계절과 계절이 변화무쌍했다. 마음에도 계절이 있고, 솟아나는 순간과 지는 순간이 있었다. 설레고 희망에 부풀었던 일들이 바짝 시들어 가는가 하면, 고맙고 애틋했던 마음이 서운함과 부담, 실망으로 바뀌었다. 확신에 차 있다가도 지레 포기하고, 좋아 죽겠다가도 미워서 어쩔 줄 몰랐다. 마음의 창도 환했다가 어두워지고, 오색찬란했다가 칙칙해지기를 거듭했다.

아침 햇살이 드리우는 창가에서 책을 읽으며 글쓰기를 위한 마음의 준비를 했다. 다이어리를 펴놓고 좋았던 구절을 옮겨 적기도 하고, 모임 일정을 점검하기도 했다. 하고 싶은 일을 주르륵 적고, 가 보고 싶은 책방 목록도 작성하고, 새로 만들 모임 계획도 세웠다. 점심밥을 준비해서 아이들과 함께 먹고 다시 책상 앞에 앉아 글을 쓰다 보면 어느덧 푸른 기운이 감돌았다. 숲은 금세 어둠 속으로 사라졌다. 저녁 식사를 마치고 다시 책상 앞에 앉아 밤늦도록 글을 썼다. 새벽 한 시쯤 창밖으로 얼굴을 내밀고 심호흡을 했다. 숲 냄새를 깊이 들이마셨다. 창을 사이에 두고 마주한 숲이 없었다면 그 시간을 어떻게 견뎠을까.

연둣빛 안개가 밀려드는 봄의 창, 환희에 찬 초록 함성이 들려오는 여름의 창, 차분하게 깊어가는 가을의 창, 무성하고 촘촘한 겨울나무의 생명력이 느껴지는 겨울의 창.

삶이라는 거대한 흐름과 의미를 어떻게, 얼마나 인식할 수 있을까? 나는 겨우 내 방 창밖 세계를 최대한 오래, 꼼꼼하게 관찰한다. 고요하지만 치열하게 살아가는 나무와 생명을 의식하며 내게 주어진 하루의 삶을 충실히 살아내려 애쓴다.

마음에 드는 공간, 나만의 공간이 없을 때

사십 대 중반 버지니아 울프의《자기만의 방》을 읽고 나서 시작한 게 있습니다. 나만의 방을 갖는 게 불가능하다면, 나만의 자리라도 만들어 보겠다고요.

거실 책장 한 칸을 비웠습니다. 제가 독서 모임에서 읽은 책과 인생 책이라고 부르는 책들을 모아 꽂았어요. 그리고 이름을 붙였습니다. '엄마의 책장'이라고요. 3년 동안 갖고 싶다고 노래를 불러 1인용 소파를 생일 선물로 받았습니다. '엄마의 의자'였지요. 식구들은 제 허락을 받아야만 그 의자에 앉을 수 있었습니다. 니나 상코비치의《혼자 책 읽는 시간》에 나오는 보랏빛 의자를 꿈꾸다 얻게 된 의자입니다. 시간이 흐르며 제 공간은 조금씩 서재의 형태를 갖춰갔습니다. 식탁을 책상 삼아 책을 읽고 글을 쓰던 제 앞에 '아내의 책상'이 놓였습니다. 남편이 목공 수업을 듣고 직접 만들어준 귀한 책상입니다. 그리고 또 몇 계절을 보낸 뒤, 드디어 저만의 방이 생겼습니다. 엄마도 아내도 아닌 이화정의 방입니다.

물리적인 공간이 주어지지 않을 때, 나만의 독립된 공간이라고 여기기는 쉽지 않지요. 일상 속에서 저는 제가 지금 머무는 자리가 온전히 저만의 자리라 여기며 충실한 시간을 보내려고 노력합니다. 카페에 혼자 앉아 있을 때나 공원 벤치에 자리를 잡고 나무들을 바라볼 때도 마찬가지고요.

책장 한 칸, 식탁 한 편부터 나만의 공간으로 가꾸어 보세요. 작고 앙증맞은 다육이 선인장을 놓아두거나 꽃 한 송이를 사서 꽂아두면 어떨까요. 메모지와 색 볼펜을 가지런히 담아두고, 책 한 권과 노트를 펼쳐 놓고, 단 10분이라도 온전한 나의 시간, 나의 공간이라 이름 붙이세요. 그 공간이 여러분의 존재감만으로 꽉 차도록 등을 꼿꼿이 펴고 앉아 자신에게 말해주세요. 여기, 내가 있기 때문에 이 공간은 가장 중요하고 의미 있는 나만의 방이라고요.

17

내면
산책

빌라 단지 앞 도로에 메타세쿼이아 십여 그루가 일렬로 서 있었다. 2층 주택 높이 정도의 아담한 나무들이 좁은 차도를 따라 다닥다닥 붙어 있어서, 그 앞에 서 있으면 작은 숲속에 와 있는 듯 싱그러웠다. 바람이 불면 가느다란 잎사귀들이 초록 물결을 이루며 춤추듯 하늘거렸다. 봄이면 미니 인형의 머리빗 같이 조그맣고 귀여운 아기 잎들이 너무 예뻐서 '우와 우와' 소리를 지르다가 식구들한테 창피하다고 핀잔을 듣기도 했다. 여름에는 나날이 무성해지고 짙어지는 초록빛이 신기해 일부러 그쪽으로 산책을 나갔다. 곱게 갈색으로 물드는 모습도 지켜보고, 잎이 다 떨어진 뒤 늘씬한 기둥에 촘촘히 뻗어 있는 가지들을 자세히 관찰하기도 했다.

그렇게 1년이 지나고 다음해 봄이 되었을 때였다. 경쾌하게 지저귀는 작은 새들이 우르르 떼 지어 날아다니는 모습이 귀여워 한참을 나무 앞에 서 있었다. 처음 보는 새였다. 참새랑 비슷해 보이는데 몸집이 유난히 작았다. 휴대폰을 꺼내고 검색을 시작했다. 평소 새라고는 까치, 까마귀, 비둘기 정도나 구별하는 수준. 검색창에 뭘 써 넣어야 하나 고민하다가 '참새보다 작은 새'부터 시작했다. 결국 찾아낸 녀석들의 정체는 붉은머리오목눈이(뱁새)였다. 잠시도 가만히 있지 않고 포르르 후다닥 가지 사이를 날아다니는

데 정말 정신을 쏙 빼놓을 만큼 빠르고 부산스러웠다. 차가 지나갈 때마다 우르르 건너편 나무로 날아갔다가 다시 빽빽한 가지들 속으로 숨어들어 수다스럽게 지저귀는 붉은머리오목눈이들이 단박에 좋아졌다.

그때부터였을까. 산책을 할 때마다 눈에 들어오는 게 많아졌다. 산책하는 동안 온 감각을 열고 자연 속으로 들어갔다. 사람들과 마주 앉아 정겹게 이야기를 나누듯 몸을 낮춰 웅크리고 앉아 작고 예쁘고 귀여운 꽃마리와 제비꽃에 눈을 맞추며 즐거웠다. 새소리에 귀 기울이자 무슨 새인지 궁금해졌고, 나무의 기둥과 수형을 비교하게 되었다. 그냥 나무가 아닌 '내 친구 나무' 들이 여기저기 생겼다. 풀꽃의 이름을 정확히 불러주고 싶어서 책을 보고 따라 그리며 이름을 외우기 시작했다. 나무 책들에 이어 풀과 새 관련 책들이 쌓여갔다.

책을 읽다가 나처럼 붉은머리오목눈이에 홀딱 반한 사람을 발견했다. 《야생의 위로》를 쓴 에마 미첼이다. 읽다가 '푸하하' 크게 웃은 적이 있다. 그는 '마음을 갉아먹는 울적함'에 시달릴 때 '소소한 야생의 풍경이 때맞춰 선사한 기분 전환을 즐긴다.'고 했다. 특히 새 이야기를 할 때 활기에 넘쳤는데, 집 창가에 매달아 놓은 새 모이통에 찾아온 붉은머리오목눈이를 발견하고 '조그만데도 카리스마가 넘치는 게 마치 깃털 달린 활기찬 막대사탕 같다.'고 표현했다. 그 뒤로 나는 비슷한 새만 봐도 "앗! 깃털 달린 막대사탕이다!"라고 소리친다.

　산책은 권태로운 삶에 호기심을 불러일으키고, 눈에 들어오는 많은 대상들을 기존과는 다른 관점으로 보게 해준다. 대수롭지 않게 여기던 사물, 무덤덤하게 바라보던 생명체에게서 신기하고 특별한 특징을 발견하고 다시 제대로 바라볼 기회를 준다. 특히 나에게 산책은 온통 바깥으로 뻗어놓았던 예민한 촉수를 안으로 거두어들이는 일이었다.

　저 사람이 했던 말은 도대체 무슨 뜻일까, 맨 뒤에 앉아 팔짱 끼고 무표정으로 바라보던 사람은 혹시 나에게 불만이 있었던 걸까, 내가 한 이야기들 중에 실수는 없었을까.

　복잡한 생각과 무거운 고민을 한아름 안고 산책을 나섰다가도, 부스럭대며 나타난 청설모에 정신이 팔려 어느새 까맣게 잊고 만다. 어제는 주먹 모양이던 잎이 어느새 연둣빛 잎사귀를 펼쳐 고운 자태를 드러내면 무표정하던 내 얼굴에 함박웃음이 피어난다. 새소리가 들리면 멈춰 서서 가만히 듣는다. 벚꽃을 마구 헤집어 놓는 직박구리, 나뭇가지를 콕콕 쪼며 벌레를 잡아먹는 딱따구리를 오랫동안 서서 바라본다. 화사한 꽃구름 같은 벚나무를 올려보다가 기둥에 달랑 한송이 피어 있는 벚꽃을 보며 환하게 웃고, 어떤 식물이건 새순을 보면 예뻐서 어쩔 줄 모른다. 차가 씽씽 달리는 큰길 옆 가로수 앞에 한참 서 있기도 한다.

산책이 내게 준 가장 큰 선물은 너그럽고 여유로운 시선으로 나를 바라볼 수 있게 해 준 것이다. 엄격한 잣대를 들이밀며 점검하고 반성하고 결심하는 나의 모습을 벗고, 그저 아름다움에 둘러싸여 존재하는 기쁨을 맛보게 해주었다. 《모든 것의 가장자리에서》를 쓴 파커 J. 파머는 '발걸음을 옮길 때마다 대부분의 사람이 결코 볼 수 없을 아름다움에 둘러싸이는 것'은 은총이라고 말한다. 바람이 불면 숲속 모든 존재들이 환호성을 지르는 느낌이 들 때가 있다. 걸음을 멈추고 하늘을 쳐다볼 때면 가슴이 벅차오르고, 살아있다는 자체에 은총을 느낀다. 그렇게 산책을 하는 동안 나는 새로운 나를 발견했다. 작은 생명체를 귀여워하고, 세상의 모든 아기잎들을 사랑하는 내가 마음에 들었다.

다비드 르 브르통의 《걷기 예찬》을 읽다가 '침묵은 인간의 마음속에 돋아난 쓸데없는 곁가지들을 쳐내고 그를 다시 자유로운 상태로 되돌려놓아 운신의 폭을 넓혀준다.'는 구절에 진하게 밑줄을 그었다. 집에서 입 다물고 있는 침묵과는 차원이 다른 침묵을 산책길에서 경험했다. 아무 말을 하고 있지 않은데 끊임없이 나에게 말을 하고 있었다. 속으로 절규하듯 말을 쏟아내기도 했고, 자책하듯 던진 질문에는 도리질을 쳤다. 그러는 사이 시끄럽던 속이 잠잠해지고 고요해졌다. 그렇게 한참을 걷다 보면 나와 또 다른 내가 사이좋게 걷고 있는 느낌이 들었다.

산책은 주변 풍경과 관계를 맺는 일이기도 하다. 좋아하는 장소가 생기고, 이름을 지어줄 만큼 애정을 쏟는 나무가 생기기도 한다. 그래서인지 깊은 상실감을 경험하기도 한다.

그 날도 아파트 단지 앞 메타세쿼이아 나무들을 보러가면서 한껏 마음이 부풀어 있었다. 봄꽃들이 있나 땅을 쳐다보고 걷다가 문득 고개를 들었는데 "헉!" 소리가 나왔다. 나무들이 없었다. 딴 생각하느라 엉뚱한 데로 왔나 하고 주변을 돌아보았다. 좀 떨어진 곳에 포클레인이 한 대 서 있었다. 잘린 나무 기둥과 가지들이 보였다. 한참을 두리번거리다가 울면서 집에 들어갔다. 매일 같이 오가며 눈길을 주던 나무가 순식간에 사라졌을 때의 충격, 멀쩡한 나무 십여 그루가 내 눈앞에서 감쪽같이 사라진 상실감은 두고두고 나를 괴롭혔다. 봄만 되면 산불 걱정, 어딘가 공사가 시작되면 나무 걱정에 수시로 울적해졌다. 메타세쿼이아 나무를 벤 자리에는 6층짜리 상가 건물이 들어섰다. 한동안 그쪽 길을 피해 다녔다. 나의 귀여운 '깃털 막대사탕' 친구들이 자주 그립다.

2020년 11월 초, 아무 일정이 없는 평일 오전에 혼자 서오릉에 갔다. 분주한 일상을 떠나 잠시 혼자 있고 싶었다. 책모임을 진행하며 쏟아낸 말들이 부끄러워질 때가 있다. 너무 많은 말을 한 건 아닐까, 듣는 일에 매진하지 않고 설익은 말들을 급하게 쏟아낸 건 아닐까 반성하는 날이 많아질수록 혼자 있는 시간은 더 절실해졌다. 어수선한 말들이 빠져나간 자리를 진짜인 것들로 채우고 싶었다.

바닥에 수북이 쌓인 낙엽의 색깔이 다채로웠다. 단풍잎, 은행나뭇잎, 벚나무 잎들이 바람이 불 때마다 이리저리 바닥을 휩쓸고 다녔다. 입구를 지나 숙종과 인현왕후가 나란히 묻힌 묘를 향해 걸었다. 파란 하늘과 구름, 알록달록한 나무의 어우러짐이 좋아 걸음을 멈추고 한참 바라보았다. 바람은 쌀쌀했지만 햇살은 기분 좋게 따뜻했다. 간간이 부는 바람에 우수수 나뭇잎들이 떨어졌다.

고즈넉한 묘 앞에 다양한 소리들이 어우러지고 있었다. 소나무를 스치고 지나가는 소리, 나뭇잎들이 바닥을 뒹굴며 내는 소리, 새소리……. 나뭇잎들이 바람에 어떻게 감응하며 수런거리는지 들어보았다. 바닥에 떨어지는 나뭇잎을 맞이하는 마른 잔디는 어떻게 인사하는지 귀를 기울였다.

유난히 바람이 많은 날이었다. 비탈길 위에 거의 90도로 고개를 젖혀야만 끝이 보일 만큼 높다란 소나무들이 모여 있는 곳에 사도세자의 어머니, 영빈 이 씨의 묘가 있었다. 바스락바스락 낙엽 밟는 소리 사이사이에 사라락 툭 사라락 툭 소리가 끊임없이 섞여 들렸다. 바람이 차서 점퍼에 달린 모자를 쓰고 있었는데, 기다란 갈색 소나무 잎이 오른쪽 눈썹 위에서 달랑거렸다. 이파리를 떨어뜨리려고 고개를 흔들며 위를 올려다보았다. 소나무에서 갈색 비가 쏟아져 내리고 있었다. 잠시 다른 차원의 시간이 흐르는 듯했다. 자식의 비참한 죽음을 지켜봐야 했던 어미의 심정을 헤아리다가 고개를 떨구었다. 바닥에 수북이 쌓인 갈색 소나무 잎을 보며 아무런 진전이 없는 것처럼 느껴지는 인생의 갈색 시간에 대해서도 생각해봤다.

혼자였지만 자연의 소리와 빛깔과 냄새로 충만했다. 입을 다물고 귀를 여는 순간 펼쳐지는 침묵의 세계에 점점 더 빠져들었다. 침묵은 '소리의 사라짐이 아니라 귀를 기울이는 자질, 공간에 생명을 부여하는 존재의 가벼운 맥박'이라는 다비드 르 브르통의 문장을 실감하는 순간이었다. 그 순간의 나를 의식한다는 것, 그 느낌이 말할 수 없이 좋았다. 혼자 보내는 시간을 두려워하고, 그래서 어울리지 못하는 자리에서도 불편하게 앉아 있던 내가 이제는 혼자라도 충만할 수 있음을 알아가고 있다. 산책 덕분이다.

'잠시 마음을 추슬러 내면성을 충전시킨 다음에 도시로 돌아가 소란이나 일상생활을 다시 만난다'는 구절을 읽었을 때 선연히 떠오른 장소가 있다. 베를린 노이쾰른에 도착한 첫날, 숙소 가까운 곳을 둘러보던 길이었다.

녹지가 우거진 공원에 들어섰다. 알고 보니 묘지공원이었다. 인적이 드문 곳에 묘지라니, 처음엔 겁을 먹었다. 둘러보니 묘비 주위로 정성껏 가꾼 꽃과 식물이 즐비했다. 십자가와 꽃 화분 몇 개를 단정하게 놓아둔 묘지도 보였다. 다양한 종들이 모여 지저귀는 새소리는 아름다운 음악 못지않았다. 드넓은 잔디 위에 다양한 나무들이 조화롭게 서 있는 풍경에 마치 딴 세계에 와 있는 것 같았다. 여기저기 갈색 청설모가 분주하게 뛰어다녔다. 그중 나를 빤히 바라보는 한 녀석과 오래 눈을 맞추었다. 고즈넉한 시간이었다.

묘지에서 한참을 머물다 나왔다. 시내에 가까워지자 온갖 소음이 생생하게 다가왔다. 히잡 쓴 여인이 유모차를 밀며 뒤 따라오던 아이를 부르는 소리, 전철 지나가는 소리, 낯선 독일 말들, 자동차 바퀴가 울퉁불퉁한 아스팔트 위를 스치는 소리…… 갑자기 밀려든 소리의 이질감에 당혹스러울 정도였다. 그제서야 나는 홀로 있는 시간에 나와 함께했던 자연의 존재감을 확연히 깨달았다.

공원에서 들었던 새소리, 바람이 불 때 가지가 스치던 소리, 걸음을 옮길 때 바스락대던 소리는 마음과 기억 속에 고스란히 담겨 있다. 처음 발을 디딘 먼 나라 낯선 동네에서 완벽하게 혼자였고, 지극한 아름다움으로 충만했던 시간. 고갈되어 가던 '내면성을 충전'시키기에 충분했고 지금도 여전히 활용되는 내면의 자산이다.

온 감각을 열어 보고, 듣고, 걷고, 생각하는 산책길은 예상하지 못했던 아름다움과 조우하는 시간이자 다양하게 반응하고 변화하는 나를 재발견하는 시간이다. 어쩌면 나는 나와 함께 걸은 것일지도 모른다. 지쳐 있는 나에게 기운을 북돋워 주려고 열심히 걸었기 때문에 기운이 났을 수도.

혼자여도 괜찮다고 안도하는 이유는 더 이상 혼자가 아니기 때문이다. 내 곁에는 수다스럽기 그지없는 새들과 정확히 이름을 불러줘야 할 풀꽃들, 언제나 든든하고 멋진 나무들이 있다. 사람들 사이에서 외로울 때, 고독한 시간이 버거울 때, 나는 나를 데리고 산책을 간다. 나와 함께 걷는다.

나를 데리고 산책하기

산책하는 동안 저는 열심히 저를 사랑합니다. 지쳐서 주저앉고 싶은 나를 끌고 나가 같이 운동하며 체력을 보강하고, 열 받은 나를 위해 나무 앞에 서서 씩씩거리며 괴롭힌 사람 흉도 봅니다. 뭘 해도 시큰둥한 저를 꼬드기듯 이것저것 가리키며 쉴 새 없이 재잘거립니다. "어머, 도토리 너 아직 무사하구나? 이리 와. 땅에 심어 줄게. 우왓, 넌 딱따구리 아냐? 우헤헤헷헤~~" 어릴 적 만화에서 본 경쾌한 웃음소리도 흉내내 봅니다. 그러다보면 기운이 나고, 화가 풀리고, 신이 나거든요. 나를 사랑한다는 건, 원치 않은 내 모습에서 내가 바라는 나, 내가 되고 싶은 나로 이끌어가는 게 아닐까요?

오늘의 미션은 '나를 데리고 산책하기'입니다. 산책길에 만난 자연의 소리를 채집해 보세요. 새소리, 바람 소리, 뚜벅뚜벅 걷는 소리를 녹음해 두었다가 우울한 날 들어보면 기운이 나기도 한답니다. 산책, 잘 다녀오세요!

18

나의
미루나무

내 다이어리에 박힌 로고는 'miru'
다. 웹 아이디나 닉네임도 '미루'를 쓴다. 오래전부터 좋아한 나무
이름이다. 사람이 옆에 있어도 외로울 때가 많았다. 미루나무 곁
에서는 혼자여도 외롭지 않았다.

열 살 무렵, 지금 부모님이 사시는 집으로 이사했다. 옥상에 올
라가면 마을을 가로지르는 철길 너머 남한강이 보이는 동네였다.
너른 들판에 미루나무 한 그루가 우뚝 서 있었다. 부엌 창문 밖으
로 나무가 눈에 들어올 때면 마음속에서 무언가가 툭 떨어지는 것
같았다. '외로움'이란 단어의 뜻을 알기도 전에 그게 뭔지 알아차
렸다고나 할까. 다른 나무들처럼 무리 지어 있지 않고 혼자 뚝 떨
어져 서 있는 게 꼭 나 같았다. 자꾸 마음이 갔다.

친구들과 잘 어울리면서도 어려운 수학 문제를 푸는 것처럼 난
감할 때가 많았다. 둘이서만 놀고 싶은데 꼭 셋이 다녀야 할 때나,
나만 빼고 둘이 있는 친구들 모습을 볼 때가 그랬다. 마음이 툭툭
떨어지는 날이면 미루나무야 안녕, 인사를 건넸다. 동생들과 싸우
면 첫째라고 제일 많이 혼났다. 억울하고 서러웠다. 옥상에 올라
가 나무를 보며 울었다. 수학 선생님을 짝사랑하며 설레는 마음
도, 수학 성적이 떨어져 손바닥을 맞았을 때의 속상한 마음도 나
무에게 다 털어놓았다. 미루나무는 내 마음속 비밀 친구였다.

결혼을 하고 아이 둘을 낳아 기르면서 친정을 오가던 어느 날, 습관적으로 부엌 창 밖을 쳐다보았다. 미루나무가 사라지고 없었다. 차 한 대가 지나다닐 수 있는 길이 새로 나 있었다. 실감이 나지 않았다.

나무를 잃은 슬픔은 서서히 찾아왔다. 미루나무가 사라진 들판을 보고 있을 때보다 집에 돌아온 후 문득 문득 어릴 적 기억이 떠오를 때마다 깊은 상실감에 휩싸였다.

초등학교 4학년 때, 같은 반 남자아이의 엄마가 돌아가셨다. 부반장이었던 나는 담임 선생님을 따라 친구 집에 문상을 갔다. 온갖 짓궂은 장난을 쳐서 밉던 친구가 선생님과 내 앞에 다소곳이 식혜를 내려놓았다. 빈 쟁반을 들고 마당으로 내려서는 뒷모습을 보는데 가슴이 따끔거렸다. 집으로 돌아가던 길, 미루나무 앞에 서서 생각했다. 엄마를 잃는다는 건 어떤 느낌일까. 도무지 가늠할 수 없었다. 잎사귀들이 서걱거리며 바람에 흩날리고 있었다. 그 모습을 한참 쳐다보았다. 그날 이후 아무리 장난을 쳐도 그 친구가 밉지 않았다. 고등학교 시절까지 연락을 주고받으며 각별한 우정을 나누었다.

오랜 시간이 흐른 뒤, 나의 아들이 어릴 적 친구 나이가 되었을 무렵이었다. 친정에서 미루나무를 보다가 그날을 떠올리며 뒤늦은 인사를 건넸다. 엄마의 빈자리를 어린 너는 어떻게 견뎠니. 선생님을 끌어안고 엉엉 울지 그랬어. 식혜가 다 뭐니. 미루나무가 사라지고 나서야 나는 친구의 마음을 조금은 알 것 같았다.

있다가 사라진 존재는 더 강렬한 존재감으로 마음을 채우기도 한다. 오랜 지병을 앓던 끝에 어린 아들을 두고 스스로 생을 마감한 소꿉친구가 있었다. 늘 재잘거리는 나와 달리 말수가 적고 조용했던 친구다. 영안실에 누워 있던 친구를 보고 얼이 빠져있던 나는 친정집에 들렀다가 다시 장례식장으로 출발하면서 울타리를 들이받았다. 마지막 가는 모습을 지켜보지 못했다. 먹고 살기 바쁘다고 친구가 그 지경이 되도록 몰랐던 나를 용서할 수 없었다. 나보다 훌쩍 키가 크고 말랐던 그 친구가 영영 사라지고 나서야 깨달았다. 내게 늘 미루나무 같은 친구였다는 걸.

2019년 베를린 여행 중, 어릴 적 옥상에서 바라보았던 미루나무와 꼭 닮은 나무를 만났다. 심장이 쿵 내려앉는 것 같았다. 테겔 공항에 도착해 쩔쩔매며 티켓을 사고 버스와 지하철을 갈아타며 가까스로 목적지에 도착한 날이었다. 옛 친구를 만난 듯 반가웠지만 열흘 뒤에는 다시 헤어질 수밖에 없는 나무였다. 애틋하고 소중해 매일같이 아침저녁으로 찾아갔다.

내 꿈의 세계 창밖엔 미루나무들이 어린이 열람실의 단층 건물보다 훨씬 크게 자라 여름이면 그 잎이 무수한 은화(銀貨)가 매달린 것처럼 강렬하게 빛났고, 겨울이면 차가운 하늘을 향해 쭉쭉 뻗은 힘찬 가지가 감화력을 지닌 위대한 의지처럼 보였다. 책을 읽는 재미는 어쩌면 책 속에 있지 않고 책 밖에 있었다. 책을 읽다가 문득 창밖의 하늘이나 녹음을 보면 줄창 봐 온 범상한 그것들하곤 전혀 다르게 보였다. 나는 사물의 그러한 낯섦에 황홀한 희열을 느꼈다.

-박완서,《그 많던 싱아는 누가 다 먹었을까》, 웅진출판

나에게도 이런 순간이 있었다. 베를린 유대인 박물관에서 숨조차 제대로 쉴 수 없을 정도로 고통스러운 흔적들을 보고 나오는 길이었다. 정원을 둘러싼 채 높이 솟아있던 아름드리 미루나무를 만났다. 바람이 불 때마다 초록색 잎사귀들이 일제히 몸을 뒤틀며 하얗게 빛났다. 사그락대는 소리가 경쾌했다. 살아있음을 기뻐하며 춤을 추는 것 같았다. 나무 기둥에서 삐죽이 나온 새 가지에 여린 잎들이 매달려 있었다. 박물관 안에서 짓눌려있던 마음이 환하게 솟아오르는 것 같았다. 생의 환희를 맛본 순간이었다. 내 마음에도 '무수한 은화'가 반짝였다. 슬프고 속상한 날, 우울함에 허우적거리는 날, 이 추억들이 나를 일으켜 세워줄 거라고 직감했다.

내 책상 옆 책장에는 나무 관련 단행본이 40권쯤 꽂혀 있다. 그림책은 탑처럼 쌓을 수도 있다. 정기적으로 나무 책을 검색하고, 책 제목에 '나무'가 보이면 장바구니에 일단 담아둔다. 공원이나 수목원에 가면 나무 이름표를 꼼꼼하게 읽고 이름을 외운다. 책을 읽다가 내가 미루나무라고 부르던 나무가 양버들일 수도 있다는

걸 알게 되었다. 수형과 나뭇잎 끝의 모양, 잎맥, 뒷면에 미세한 차이가 있었다. 부지런히 나무 공부를 시작했다. 그러는 사이 세상을 보는 시선이 달라졌다. 예쁘고 근사하고 흠 없는 것만이 아름다운 줄 알았는데, 시선에 애정이 담기자 아름다운 것투성이였다. 벌레 먹고 구멍 난 잎사귀도 귀하게 보였다. 작은 잎사귀를 들여다보며 상처 난 마음, 떠나고 싶지 않은 마음, 체념한 마음, 버티는 마음, 기다리는 마음을 생각했다.

"나무에 대한 책을 읽고 있는데 선생님 생각이 났어요. 예전에 모임에서 나무에 대해 들려주신 이야기가 떠올랐는데, 그때 이런 심정이셨구나…… 그런데 왜 눈물이 나는지 모르겠어요."

나무 이야기를 자주 하고 다녀서인지 종종 이런 말을 듣는다. 나무를 사이에 두고 서로의 존재를 기억한다는 건 얼마나 정겹고 따스한 일인지. 다른 이에게 나무를 좋아하는 사람으로 기억되는 게 기쁘다. 나무 곁에 서 있는 내 모습이 편안해 보이고 나무와도 잘 어울렸으면 좋겠다. 나무를 보다 문득 나를 떠올리고, 잠시나마 내가 곁에 있다고 여겨준다면 더 바랄 게 없겠다.

나의 '아름다움 수집 일기'의 첫 페이지에는 우람한 엄나무 옆에서 그림책을 얼굴 삼아 찍은 사진이 붙어 있다. 2020년 6월 첫날, 집에 들어서니 주문했던 그림책이 도착해 있었다. 책을 다 보고 나서 남편에게 꼭 찍고 싶은 사진이 있다고 부탁해서 집을 나섰다. 빌라 단지 뒤쪽에 작은 숲이 자리 잡고 있다. 아름드리 나무들이 5층 주택 높이를 훌쩍 넘는다. 상수리나무, 굴참나무, 졸참나무, 갈참나무, 떡갈나무, 밤나무, 때죽나무, 은행나무, 단풍나무 등이 어우러져 제법 깊은 산속에 들어와 있는 느낌이 든다.

크리스 버터워스가 짓고 샬롯 보아케가 그린 《내가 사랑하는 나무의 계절》 표지를 보고 어린 시절의 나를 떠올렸다. 거대한 자두나무 앞에 서 있는 작은 아이처럼 나무를 올려다보았다. 나무 꼭대기가 보이지 않았다. 우람한 고동색 나무기둥은 몸을 비틀며 하늘을 향해 힘차게 솟구쳐 올랐다. 그림책을 들고 나무 앞에 섰다. 수술 후 퇴원한 지 이틀밖에 안 되었던 터라 남편은 쪼그려 앉기도 어려운 상태였지만 이렇게 서라, 저쪽으로 가라 지시를 하며 사진 찍는 데 꽤 공을 들였다. 내가 원하는 사진을 찍은 후에도 말없이 나무를 올려다보던 남편은 그 순간을 붙들고 싶다는 듯 정성들여 나무 사진을 찍었다. 남편이 아름다움을 채집하는 순간이었다. 그가 나무와 깊은 교감을 나누던 시간은 그림책이 준 선물 같았다. 사진을 보고 있으면 생명력 넘치는 나무 덕분에 힘이 난다.

나무처럼 의연하게 서 있고 싶을 때 언제든 나무를 보러 갈 수 있어 안심이 된다. 바람 부는 날이면 숲으로 간다. 파란 하늘을 무대 삼아 두 팔을 들고 춤을 추는 나무를 따라 하고 싶어서. 잔잔했던 일상을 산산이 부서뜨린 질병 앞에서도, 언제 종식될지 모르는 전염병의 재난 앞에서도, 나무의 아름다움에 의지할 수 있다는 사실이 위로가 된다.

짙푸른 녹음의 계절이 지나고 가을이 올 즈음 남편과 함께 병원을 찾았다. 세 번의 수술을 받고 매주 항암 치료를 받은 결과 암세포가 사라졌다. 3개월 후 다시 검사 받으러 오면 된다는 결과를 듣고, 병원 밖에서 기다리던 나를 향해 다가오던 남편의 모습을 잊을 수가 없다. 마스크를 쓴 상태였지만 환하게 웃는 표정이 다 보였다. 병원에 가지 않아도 되는 휴식 같은 3개월 동안 틈나는 대로 남편과 숲길을 걸었다. 숲의 다채로운 색이 사라진 후에도 여전히 우리를 감탄하게 만드는 것들에 조용히 기뻐하며 서로를 마주보았다.

사소한 것들이 더없이 소중해지는 이유는 놓치고 잃어 본 경험이 있기 때문이 아닐까. 건강에 문제가 생기거나 사랑하는 사람을 떠나보내거나 귀하게 여기던 물건을 잃어버리거나. 수많은 상실의 경험이 쌓일수록 일상적이고 당연한 것들이 더 애틋하고 중요해질 수밖에 없다. 내 앞에 존재하는 사람이 사무치게 고마워지고, 돈으로 살 수 없는 가치들을 비로소 깨닫게 된다. 제 힘으로 걸을 수 있고, 스스로 머리를 감고, 밥을 떠먹을 수 있는 게 얼마나 감사한 일인지, 아파보면 알게 된다. 흘러가는 시간이 너무 아까워 모든 순간을 붙들고 싶어진다. 3개월은 짧은 시간이고 가슴 졸이며 두려움에 떨 시간은 금세 닥칠 것이다.

미루나무에 대한 글을 쓰는 건 쉽지 않았다. 너무 좋아하면 말문이 막혀서다. 첫 문장조차 시작하지 못하고 창밖 나무만 쳐다보고 있던 날, '나무들이 잎을 꺼내고 있다,/ 무언가 말하려는 듯이.' 필립 라킨의 〈나무들〉이라는 시의 첫 행을 보고 울컥했다. 정말 하고 싶었던 이야기를 이제야 꺼냈다. 나무가 잎을 틔우고 무성해졌다가 고유한 제 방식의 빛깔로 물들며 이야기를 건네듯 내 이야기도 그렇게 들려주고 싶다.

나의 미루나무는 내 안에 여전히 살아 있다. 나무를 생각할 때마다 그리운 얼굴들이 반짝인다. 보고 싶고, 미안하고, 고맙다고 속삭이는 말들이 사그락댄다. 집 앞에 있는 거대한 상수리나무와 떡갈나무를 바라볼 때마다 마음속 미루나무의 속삭임을 듣는다.

아름다움 수집 미션

나의 나무 친구 만들기

제가 주관하는 '반짝이는 달력 모임'은 일상 속 반짝이는 것들을 찾아 함께 나누며 삶을 가꾸는 모임입니다. 2019년 3월부터 시작한 주제 독서 모임이에요. 2020년에는 '시'를 함께 읽었고 2021년에는 '나무'를 만나고 있습니다. 1월에는 '나무와 시'라는 주제로 올라부 하우게 시인의 《어린 나무의 눈을 털어주다》를 함께 읽었습니다. 2월에는 유리 나기빈의 단편집 《겨울 떡갈나무》를 읽었고요. 3월은 '나무와 노래'라는 주제로 자연의 소리를 채집했답니다. 4월에는 나무 다큐멘터리와 영화 〈몬스터 콜스〉를 함께 봤습니다.

1년 동안 '나의 친구 나무'를 정해두고 일상 속에서 깊이 만납니다. 단체 채팅방은 나무에 대한 감탄으로 들썩이고 날이 갈수록 애정이 깊어집니다. 각자 나무에 이름을 붙여주고 오가는 길에 들러 나무를 관찰하고, 이야기를 나누고, 사진을 찍고, 그림을 그리고, 글을 씁니다. 서로의 나무 이야기를 들려주는 동안 우리는 서로를 조금씩 알아갑니다. 나무가 주는 선물을 함께 나누며 기뻐하고 나무에게서 배운 사랑을 실천합니다.

삶의 환희는 거창한 성취나 압도적인 아름다움 앞에서만 느낄 수 있는 게 아닌 것 같아요. 저는 아직 이름도 모르는 아기 나무 한 그루와 사귀고 있습니다. 작은 나무 한 그루 앞에서 감탄과 감동으로 충만한 삶을 누리는 법을 날마다 배우고 있습니다. 여러분도 나무 친구를 꼭 사귀어 보세요.

19

나를 되찾는
여행

어려서부터 내 삶에 여행은 사치고 딴 세계였다. 아주 어렸을 때 어린이대공원에 갔던 것을 제외하고는 가평 외할머니댁에 놀러 가는 것이 유일한 여행이었다. 아빠가 모는 오토바이를 타고 양평에서 가평까지 달리는 길은 참 멀고도 험했다. 버스를 타면 더 멀었다. 양평에서 마장동을 거쳐 가평행 시외버스로 갈아타고, 가평에 도착하면 하루 세 번밖에 다니지 않던 두밀리행 버스를 타고 굽이굽이 산길을 달려야 겨우 도착할 수 있었다. 멀미와 기다림의 고달픈 여정이었지만, 그래도 좋았던 건 첫 손주였던 나를 끔찍이도 사랑하셨던 외할머니가 계셨기 때문이다. 내가 제일 중요한 사람처럼 느껴지는 곳, 모든 것이 내 위주로 돌아가는 세상을 만나기 위해 까만 비닐봉지를 들고 멀미를 참으며 떠나는 것. 당시 내게 여행은 그런 의미였다. 이후로도 수학여행, 졸업여행을 제외하면 양평 근방을 벗어나 본 기억이 없다. 제주도는 대학 졸업여행 때 처음 가봤고, 해외 여행도 태국 신혼여행이 유일했다.

결혼 후 십 년이 지나도록 비행기 한 번 못 타보고 지내다가 얼떨결에 일본을 다녀왔다. "너, 그러고 살면 안 돼. 이번에 못 가면 평생 못 간다!" 친한 언니들의 말이 무서웠다. 남편 몰래 부었던 적금을 깨고 언니들을 따라나섰다. 남편은 이틀 휴가를 내고 흔쾌히 애들을 맡아 줬지만 여행 내내 마음이 불편했다. 아이들이 신경 쓰였고 여행이 익숙하고 느긋한 언니들 사이에서 긴장을 풀지 못한 채 온전히 즐기지도 못했다.

또 십 년이 흐른 뒤, 제주도로 2박 3일 여행을 떠났다. 혼자라도 가겠다니까 마지못해 따라나선 남편과 함께한 여정이었다. 그때는 여행에 대한 목마름을 넘어 내 삶이 바짝 말라 바스라질 것 같은 절박함이 있었다. 신혼여행 이후 이십 년 만에 바다 건너 떠난 여행이었다.

얼마 뒤 지인으로부터 유럽 여행 제안을 받았다. 오랫동안 조금씩 모아 놓은 돈이 있어 덜컥 가겠다고 했다. 그런데 준비하는 동안 내가 생각했던 여행과는 너무나 동떨어진 방향으로 이끌어가는 리더의 모습에 갈등이 생겼다. 색채 심리 치료 프로그램을 여행에 접목했는데, 옷 색깔까지 맞춰서 준비해야 하고, 약속된 장소에서는 반드시 그 옷을 입어야 한다고 했다. 떠나기 전부터 부담스럽고 마음이 불편했다. 자유로워지고 싶어 떠나는 여행이 출발 전부터 나를 옥죄었다. 결국 여행을 취소했다. 비행기 표와 숙박비를 거의 다 날리고 좌절감과 허탈감에 몸져누워 버렸다. 보다 못한 남편이 수소문해서 일명 '땡처리 패키지여행 상품'을 부랴부랴 신청하고 내 등을 떠밀었다. 우여곡절 끝에 2016년 홀로 동유럽 여행을 다녀왔다.

스무 명의 일행과 떨어져 체코, 오스트리아, 헝가리, 슬로바키아

거리를 활보했다. 무리를 빠져나와 어딘가에 자리 잡고 앉아 주변 풍경을 바라보았다. 카페에 앉아 마셨던 커피의 맛과 향, 머리 위로 쏟아지던 햇빛과 바람의 냄새가 지금도 생생히 떠오른다.

내가 원했던 여행은 '온전히 나에게 집중하는 시간'이었다. 이 것저것 챙겨주는 일행들의 마음에 호응하려고 이 무리 저 무리에 섞여서 움직이다가 적당한 시기에 뚝 떨어져 다녔다. 타인을 배려하려고 노력하는 만큼 내 의사도 존중해 주고 싶어서였다. 무엇을 위해서도, 누구를 위해서도 아닌 완벽하게 나만을 위한 시간과 공간이 절실했다. 아무 말 없이 뒤처져 걸으면서 나는 혼자 있는 게 아니라 '나'와 함께 있다고 생각하려고 애썼다. 사진으로 남기기보다 직접 보고 느끼며 마음에 새기는 걸 놓치지 않으려고 노력했다. 진귀한 풍경을 보는 것도 중요했지만, 그 순간 내 감정을 들여다보는 게 더 중요했다. 온 감각을 열고 나를 둘러싼 아름다움에 감응하는 것. 그러면서 알게 되었다. 여행자의 시선으로 바라본다면 많은 것이 달라 보인다는 것을.

덕분에 스스로 재밌게 노는 법을 터득했다. 눈앞에 반짝이는 한강 물을 바라볼 때도, 아무도 없는 숲길을 혼자 걸을 때도 여행하는 것처럼 즐겼다. 자주 가는 카페에 앉아 음악을 들으면서도 여행자의 시선으로 주변을 바라보면 기분이 달라졌다.

한 번 저질러 본 일은 '다시 할 수 있다는 가능성'을 선물로 남긴다. 여행을 떠나고 싶은 간절함이 머리 꼭대기까지 차오를 때,

홀로 떠날 수 있다는 믿음을 준 것만으로도 동유럽 여행은 충분히 가치가 있었다. 그 뒤로 기회가 있을 때마다 나홀로 여행을 떠났다.

2017년에는 속초에 있는 서점 '완벽한 날들'에서 북 스테이를 했다. 음악을 크게 틀어 놓고 속초까지 내리 세 시간을 운전하며 가다가 인제 정도 지날 때였다. 갑자기 눈물이 쏟아지기 시작했다. 그즈음 힘든 일이 있어서였는지, 완벽하게 혼자인 시간이 너무 좋아서였는지, 노래가 슬퍼서였는지. 이유는 도통 생각나질 않는다. 한 가지 확실한 건 속초에 도착할 즈음 너무 개운한 마음으로 속초 일대를 헤집고 다녔다는 것. 그 뒤로 전주, 통영, 광주 등 부지런히 쏘다녔다.

그러다 2019년 봄, 12일 일정으로 베를린으로 떠났다. 독일어는 고사하고 영어도 겨우 인삿말 정도밖에 못 하는 내가 패키지도 아닌 나 홀로 여행이라니. 그 용기가 어디서 나왔는지 지금도 알 수가 없다.

2017년 9월 19일 블로그를 통해 게스트룸 창가 풍경을 보고 베를린 여행을 꿈꾸기 시작했다. 홀로 여행하는 여성들이 남긴 글에는 주인과의 따스하고 정겨운 교감이 가득했다. 독일에서 공부하며 프리랜서로 일하는 주인장의 글을 읽으면 늘 가슴이 뛰었다. 독일 페미니스트들의 활동을 취재한 글에는 삶에 대한 뜨거운 열정이 넘쳤고, 진정 나답게 사는 일에 대한 사유는 깊고 진지했다.

멋진 사람이었고 만나보고 싶었다. 하지만 내가? 베를린에? 과연?
'가고 싶다'는 말 언저리에서 맴돌다가 '가겠다'는 말을 꺼내기까
지 오랜 시간이 흘렀다.

> 어쩌면 나의 자아는 내면 속에 무너지지 않고 굳건하게 서 있
> 는 방 하나가 필요했는지도 모른다. 살아가면서 가졌던 많은
> 방들은 다만 조각조각인 채 기억 속에 헝클어져 있다는 느낌.
> 단 하나의 공간만이라도 온전하게 내 내면에 남을 수 있다면.
>
> ― 허수경, 《너 없이 걸었다》, 난다

2019년 4월 23일, 드디어 꿈에 그리던 베를린의 게스트룸에 들
어섰다. 오래 끙끙대며 찾아 헤맸던 마지막 퍼즐 조각을 빈자리에
꿰 맞춘 듯 안도감과 희열이 밀려들었다.

고등학생 시절에는 어떻게든 대학에 가서 혼자 독립해서 살 궁
리를 했다. 결혼 후 아이를 낳아 기르는 동안은 나만의 공간이 생
기기를 열망했다. 작가로서, 북 코디네이터로서 타인과 긴밀한 교
류를 하면서도 비밀스럽고 안전한 내면의 방이 절실했다. 오랜 시
간 기다리고 참 멀리도 날아가 만난 그 방은 완벽하게 내가 나일
수 있는 공간이자 안온한 내면의 방이었다. 열흘 동안 그곳에서
온전히 나답게 지냈다. 모든 짐을 벗고 가볍고 자유롭게. 매일 아
침부터 저녁까지 베를린의 봄을 거침없이 걸었다.

베를린은 아름다움과 처참함 사이를 넘나들어야 하는 도시였다. 하늘은 강렬한 푸른 색감으로 눈부셨고 나무들은 봐도 봐도 질리지 않을 만큼 아름다웠다. 나무를 쳐다보느라 고개가 뻐근해지곤 했다. 잠깐 들른 공원에 마음을 빼앗겨 다음 행선지를 포기하고 마냥 앉아 있다가 저녁이 되어서야 숙소에 돌아온 적도 있다. 아름답고 경이로운 하늘과 숲의 풍경들 앞에서 아무것도 필요 없을 만큼 그저 좋았다. 박물관 안에서 거대한 예술혼에 압도당했고, 비참한 역사의 기록물 앞에서 충격과 비탄에 잠기기도 했다. 수시로 길을 잃어 어디로 갈지 몰라 쩔쩔매다가도 조급함을 버리고 주변을 어슬렁거리는 여유를 부리기도 했다. 열차를 잘못 타서 시외로 나갔던 아찔한 순간도 있었다. 동전 하나가 모자라 돌아가는 열차표를 못 사고 있던 나에게 작은 동전 지갑을 뒤져 5센트 동전을 내밀던 손을 덥석 잡고 울 뻔했다. 빨간 머리를 상큼하게 묶고 책을 한아름 안고 있던 학생의 뒷모습을 보며 다짐했다. 꼭 갚겠다고. 나도 누군가에게 꼭 당신처럼 해주겠다고.

여행하는 동안 틈날 때마다 블로그에 '베를린에서 쓰는 편지'를 썼다. 마음으로 함께 여행해준 사람들이 많아 든든했다. 따스하고 다정한 안부 인사, 격려의 메시지 덕분에 외롭지 않았다.

《그들을 따라 유럽의 변방을 걸었다》에서 서정 작가는 낯선 유럽의 거리를 걷고 수도원의 묘지들을 둘러보며 '헛된 시도로 가득 찬 인생이 그럼에도 결국 아름다움을 향해 나아가고 있다는 생각을 종종 하게 된다'고 말한다. 우여곡절 끝에 떠났던 내 모든 여행도 결국은 아름다움을 향해 나아갔던 발걸음이었다. 그 아름다움이 무엇인지 잘 표현할 자신이 없다. 그저 아름다움을 추구하려는 마음만 있을 뿐이다.

베를린은 아름답고 유서 깊은 건축물과 이국적인 풍경뿐 아니라 참혹하게 짓밟힌 자리에서도 삶을 이어간 사람들의 숭고함을 보여준 도시였다. 역사의 과오를 바로잡기 위해 어떤 노력을 기울여야 하는지를 돌아보게 해주었고, 다양한 인종이 어울려 살아가는 현지인들의 일상을 가까이서 지켜보며 삶의 다양함과 생동감을 맛보기도 했다. 여행은 과거의 추억으로 남길 이야기가 아닌, 현재의 삶에 끊임없이 새로운 의미를 부여하는 적극적인 삶의 태도라고 느끼게 해주었다.

여행의 마지막 날 아침, 케테 콜비츠 미술관이 전철로 40분 거리에 있다는 사실을 뒤늦게 알았다. 시간이 빠듯했지만 그림을 보러 달려갔다. 삼십 대 중반 내 삶의 지축이 흔들리는 것 같은 충격을 주었던 책, 프리모 레비의 《이것이 인간인가》 표지에 있던 그림 '죽은 아이를 안고 있는 여인'이다. 베를린 행의 시작은 이 그림 때문일지도 모른다는 생각이 스치고 지나갔다. 그림 앞에는 커다란 조각상이 있었다. 아이들을 품속에 꽉 부둥켜안고 있는 여인의 모습이었다. 아들과 손자를 전쟁 통에 잃은 케테 콜비츠가 겪은 고통의 심연을 마주하는 듯했다.

공항으로 가는 길, 케테 콜비츠의 책들을 검색하고 장바구니에
담았다. 여행의 끝에서 무언가 다시 시작되고 있었다. 베를린 테
겔 공항에서 이륙하는 순간 눈물이 흘렀다. 안도감과 감사, 그리
움과 아쉬움이 뒤섞인 눈물이었다.

베를린이라는 지명에 물기가 많은 땅이라는 뜻이 들어 있어서
일까, 수시로 울컥거리다 결국은 고개를 숙이고 울었던 순간이 많
았다. 겁도 많고, 쓸데없는 걱정을 사서 하는 내가 "여자 혼자 위
험천만한 여행을?"이라는 편견을 스스로 깨고 홀로 집밖에 나서
기까지의 시간. 어쩌다가 나는 이 낯선 거리에서 갈 곳 몰라 하며
서 있는지 스스로 의아해하다가도 그토록 오길 원했던 곳이 아니
던가, 감격하곤 했다. 주저하고 포기하고 좌절하던 나를 조금이나
마 뛰어넘고자 애쓴 나날의 보상이자, 늘 두려움에 사로잡혀 경계
밖의 세상에는 나갈 엄두조차 못 내는 나를 스스로 내몬 시험대이
기도 했다.

여행은 다시 내 자리로 돌아오기 위해 먼 길을 떠나는 여정임
이 틀림없다. 떠났다가 돌아온 나는 분명 이전과는 다른 나다. 아
름다움을 끌어안고 돌아왔기에 이전과는 다른 시선으로 세상을
바라보게 될 것이다. 여행은 내가 나를 만나는 시간, 내가 내 옆에
있어 주는 시간, 정신없이 사느라 놓친 나를 되찾는 시간이다. 아
름다움 수집 일기는 온 감각을 열고 하루하루 그렇게 여행하듯 써
내려간 기록이다. 불현듯 찾아오는 허무와 불안을 이겨낼 묘안이

자 상처와 실패를 딛고 다시 시도할 용기를 불어넣어 주는 것, 어두침침한 마음을 환히 밝혀주는 것, 살아있다는 것 자체에 감격하게 만드는 것을 찾아 매일 하루를 시작하기. 매일 아름다움을 향해 나아가기. 아름다움을 알아보고 향유하는 삶을 살고 싶다는 그 의지가 내 삶을 끌어올리는 원동력이다.

끝으로, 홀로 떠난 여행지에서는 온전히 나를 믿어야만 한다. 내가 나를 보호해야 한다. 길을 잃은 나를 구박하면 안 된다. 특히 낯선 나라, 말도 통하지 않는 곳에서 헤매는 나에게 화를 내는 건 너무 가혹하다. 천천히 다시 지도를 보며 기운을 북돋워 주어야 한다. 밥맛을 잃었다고 굶기면 큰일 난다. 가뜩이나 긴장 상태인 몸에 탈이라도 나면 병원 치료를 받기도 어렵고, 다음 여정에도 차질을 빚으니 말이다. 그러니 기어코 맛있는 음식을 찾아 먹여 주어야 한다.

여행하는 동안은 최대한 나에게 다정히 굴어야 한다. 남의 기분을 맞춰주느라 정작 나에게는 소홀했던 나를 데리고 다니며 좋은 풍경을 보여줘야 한다. 철저히 내 위주로, 최대한 이기적으로. 다음 달 생활비쯤은 모른 척해도 된다. 타인의 말에 귀 기울이느라 정작 내 안의 목소리는 지나쳤던 시간들에 일일이 사과해야 한다. '늦었지만 이제 이야기를 시작해볼까?' 잘 구슬리며 말을 걸어야 한다. 갑자기 화를 내도 무조건 다 받아주고, 눈물샘이 폭발하면 등을 숙이고 두 손으로 가슴을 살며시 감싸 안아 주어야 한다. 마음을 다해 나에게 친절해야 한다. 여행은 나를 만나고, 사랑하는 법을 배우는 시간이다.

여행 계획 짜기

너무도 쉽게, 자주 여행을 다니는 사람들을 보며 부럽고 서글픈 마음이 자주 들었습니다. 부러워하기만 했지 어디를, 왜 가고 싶어 하는지 구체적으로 꿈꾸지 않았다는 걸 뒤늦게 깨달았습니다. 떠나려면 준비해야 합니다. 시간을 들여 여행지에 대한 정보를 모아야 하고, 다른 것을 포기하며 돈을 모아야 합니다. 명확한 제목을 붙여 여행 자금을 저축하고, 구체적인 시기를 정해 다이어리에 적어보세요.

참고로 현재 제 여행 통장 제목은 '영국 가자'와 '분홍 깃발 들고 독일 파사우, 라이너 쿤체 시인 집 방문'입니다.

20

반짝이는 말 수집,
표준국어대사전

소소한 즐거움을 누리고 사는 비결 중 하나가 '사전 찾기'다. 하루에도 몇 번씩 '표준국어대사전'을 찾아 꼼꼼하게 읽어본다. 뜻풀이를 읽다 보면 다른 단어의 뜻을 덤으로 알게 돼 유익하다. 한 단어에 여러 가지 뜻이 있어 깜짝 놀랄 때도 있다.

소소하다

'소소하다'라는 말은 무려 여덟 가지 뜻으로 쓰인다. 사전을 찾아본 후 보물을 발견한 듯 노트에 적어놓고 혼자 좋아했다.

1. 작고 대수롭지 아니하다.(小小하다) / 2. 키가 작고 나이가 어리다.(少少하다) / 3. 사리가 밝고 또렷하다.(昭昭하다) / 4. 거의 죽어가다가 다시 살아나다.(昭蘇하다) / 5. 밝고 환하다.(炤炤하다) / 6. 드문드문하고 성기다.(疏疏하다) / 7. 바람이나 빗소리 따위가 쓸쓸하다.(蕭蕭하다)/8.비바람 따위가 세차다.(瀟瀟하다) 9. 부산하고 시끄럽다.(騷騷하다)

기꺼이 글짓기를 해보았다.

소소(小小)한 풍경도 소소(昭昭)하게 관찰하면 소소(炤炤)한 변화가 일어난다. (작고 대수롭지 않은 풍경도 밝고 또렷한 시선으로 관찰하면 일상이 환해진다.)

가만한

늘 사용하는 말이지만 예상하지 못했던 예쁜 뜻을 발견하고 놀랐던 적이 있다. 이진희 작가의 그림책《도토리시간》에 사인을 받았을 때였다. '가만히 도토리시간'이라는 글귀를 읽으면서 순간 아이들이 어렸을 때 "가만히 있어!"라고 소리치며 달려가던 장면이 스쳤다. 차도로 뛰어들고, 유리컵을 깨고, 어디든 기어 올라갈 때마다 다급하게 외치던 나. 그런데 이 그림책에는 그런 긴박감은 전혀 없이 고운 파스텔 색감의 부드럽고 평온한 풍경으로 가득 차 있었다.

사전을 찾아보았다. 가만한. 움직임 따위가 그다지 드러나지 않을 만큼 조용하고 은은하다. 가만히 좀 있으라고 소리 지르는 말이 가만한 시간 안에서 조용히 자취를 감추는 기분이었다.

기껍다

어느 새벽 너무 피곤한데도 새벽 5시 30분에 눈이 떠졌다. 왼쪽 책상 위에는 책 무더기와 노트북, 온갖 문구들이 널려 있고, 벽에는 모임 계획안, 메모지, 엽서, 그림 달력이 어지러이 붙어 있었다. 끙, 오른쪽으로 시선을 돌렸다. 하얀 벽 위에 노란 하트 나무 그림 한 장만 눈에 들어왔다.

왼쪽을 보며 한숨, 오른쪽을 보며 씩. 이런 글을 썼다.

'한쪽은 복잡하고, 버겁고, 치열하다. 다른 한쪽은 단순하고, 기껍고, 느슨하다.'

어? 기껍다? 내가 써 놓고도 갑자기 생소해서 사전을 찾아보았다.

기껍다. 마음속으로 은근히 기쁘다. 참 예쁜 말일세. 어쩌다 이 단어가 생각났을까? 신기하다. 기꺼이라는 말을 더 자주 쓰고 싶어졌다. 매 순간 기꺼운 마음으로 살고 싶다.

물마루

초등학교가 남한강변에 위치해 있던 터라 자주 강가에 나갔다. 햇빛을 받아 반짝이는 강물을 보면 온통 마음을 빼앗겨 하염없이 바라보곤 했다. 《바닷가 탄광 마을》이라는 그림책을 보다가 울컥했다. 잔잔한 물결이 햇살 따위에 비치는 모양을 이르는 물비늘. 환하게 빛나는데도 삶의 어두운 터널 속으로 들어가야 할 소년의 이야기가 애처롭고 애틋해서 마음에 물기가 번지는 것 같았다.

사전을 보다 보면 한국문학 작품 속에서 찾아낸 용례를 읽는 기쁨도 크다.

> 어느 날인가, 저수지를 구경하러 모여든 사람들 틈에서, 평순네
> 가 파란 물비늘을 일으키며 반짝이는 호면(湖面)을 보고는….
>
> – 최명희,《혼불》
>
> 검은 파도 물마루 같은 이 산 앞에 어둠은 드디어 칼을 놓는다.
>
> – 최명희,《혼불》

물마루. 바다와 하늘이 맞닿은 것처럼 멀리 보이는 수평선의 두
두룩한 부분. 높이 솟은 물의 고비라는 뜻도 있다.

> 창룡호는 멀리 거친 파도로 울퉁불퉁한 물마루를 넘느라고 몹시
> 곤두박질치고 있었다.
>
> – 현기영,《변방에 우짖는 새》

풀이 속에 또 모르는 단어가 있었다. 두두룩하다. 가운데가 솟
아서 불룩하다. 단어 부자가 된 듯 마음이 두두룩하다.

그냥

'그냥'에는 세 가지 뜻이 있다. 더 이상의 변화 없이 그 상태 그

대로. 그런 모양으로 줄곧. 그리고 아무런 대가나 조건 또는 의미 따위가 없이.

　"고마워…"
　"왜?"
　"그냥…."

　무성의한 대답처럼 보이지만 여기에서 '그냥'은 고맙다, 라는 말에 깃든 사연과 감정을 상상하게 한다. '그런 모양으로 줄곧' 고마워하며 지낼 것 같은 느낌. 왠지 뭉클해지는 말이 된다.

　"왜 참석하고 싶은지 이유를 말씀해 주시겠어요?"
　"특별한 이유는 없어요. 그냥 가보려고요"

　이 대화 속 '그냥'은 '아무런 의미 따위가 없이'로 해석될 가능성이 크다. 이럴 경우 질문하는 사람은 머쓱해진다. 물론 상대방의 마음을 상하게 하려고 일부러 쓴 말은 아니겠지만, 성의 있게 답을 주는 경우와 느낌이 다를 수밖에 없다.

　단어를 존중하라. 거기엔 뜻이 있다. (캐서린 앤 포터)
　　　　　　　　　　　-타니아 슐리, 《글쓰는 여자의 공간》, 이봄

책상 앞 창틀에 붙여 둔 문구다. 단어 하나도 허투루 쓰지 않으려고 노력한다. 단어 하나를 어떻게 쓰느냐에 따라 마음의 파장이 달라지는 걸 경험해서다. 평소 쓰는 말투를 점검하고, 고운 말을 찾아 쓰고, 신중하게 단어를 선택하려는 노력이 모여 인품이 된다. 어떤 말을 쓰느냐에 따라 만나보고 싶은 사람이 되고, 말 한마디 잘못해서 관계가 틀어지기도 한다. 자주 주고받는 문자 속에서도 예의를 갖추는 사람이 되고 싶다. 신중히 단어를 골라 쓰면서 상대방의 마음을 상하게 하지 않는 것부터 노력할 필요가 있다.

하루에도 몇 번씩 사전을 들여다본다. 모르는 단어가 많다는 데 놀라고, 두루뭉술하게 알던 뜻을 정확히 알게 되어 기쁘다. 혹시 잘못 사용하고 있는 건 아닌지 확인할 때도 있다. 힘든 감정에 휩싸이면 일부러 그 단어를 찾아보기도 한다. 답답한 마음을 적확하게 찔러 체기를 가시게 만드는 의외의 뜻을 발견할 수도 있다. 가령 체념(滯念 : 풀지 못하고 오랫동안 쌓인 생각)을 체념(諦念 : 희망을 버리고 아주 단념함)했다가 체념(體念 : 깊이 생각함)의 결과로 답답했던 마음이 길고 시원한 트림을 내뱉은 적이 있다. 깊이 생각하고 볼 일이다.

표준국어대사전은 나의 절친이다. 좋아하는 말의 뜻을 찾아 그 깊고 오묘한 의미를 다시 새길 때 마음은 기쁨에 겨워 힘차게 비상한다. 고운 말을 발견하면 소리 내어 읽어보며 누구에게 알려줄까, 신이 난다. 좋은 글감이 되어주니 늘 고맙다. 마음과 마음 사이, 환희와 체념 사이, 그 사이를 촘촘히 메울 말들을 찾아 오늘도 나는 사전을 찾는다. 나의 좋은 친구를 많은 이들에게 소개해 주고 싶다.

아름다움 수집 미션

사전과 친구가 되어 보세요

책 읽다가 모르는 단어가 나오면 문맥을 유추하며 대강 어떤 의미인지 감을 잡고 넘어갈 때가 많습니다. 조금 귀찮아도 사전을 찾아보면 놀라운 일이 벌어집니다.

국립국어원이 만든 '표준국어대사전' 앱을 설치해 두면 휴대폰에서도 편하게 사전을 찾아볼 수 있어요. 가장 좋아하는 단어를 찾아본 후 꼼꼼히 끝까지 읽어보세요. 분명 소중한 나만의 단어 하나를 발견할 수 있을 거예요. 연습 삼아 아래 단어도 검색해 보시겠어요?

• 마음(7번까지 읽다 보면 고개를 끄덕이게 됩니다. 마음은, 한 마디로 정의하기 힘드니까요)

• 윤슬(반짝이는 강물과 어울리는 이 예쁜 단어를 달빛에도 쓴답니다!)

• 왁다그르르하다 (군산 몽돌해수욕장에서 파도가 칠 때마다 나던 소리가 딱 이랬습니다. 소리가 너무 예뻐서 어떻게든 표현해 보려고 사전을 뒤져서 찾아낸 단어랍니다. 동그랗고 부드러운 모양의 자갈들이 파도와 어우러져 내는 소리! 꼭 들어보셨으면 좋겠습니다.)

21

문학의
힘

"4월은 참 슬픈 날이 많네."

저녁밥을 먹다가 아들이 불쑥 말했다.

세월호가 침몰하던 날, 아들은 제주에서 수학여행 중이었다. 내 아이가 무사하다는 문자를 받았을 때의 안도감은 생사가 불투명한 수백 명의 아이, 부모에 대한 죄책감과 참담함으로 금세 이어졌다. 수학여행에서 돌아온 아들이 현관에 들어섰을 때 와락 껴안았다. 그런 나를 어쩌지 못하고 엉거주춤 서 있던 아들의 모습이 눈에 선하다.

4.16 재단 온라인 기록관에 '기억하겠습니다'라고 겨우 한 줄을 남기고, 4시 16분에 알람을 맞춰 놓고 묵념을 했다. 추모 글들을 읽으면서 슬픔의 실체를 가늠해 보려고 애썼다.

6년이라는 세월이 흐르는 동안 아들은 대학에 들어갔고, 군대에 다녀왔고, 복학생이 되어 온라인 수업하랴, 과제 하랴 바쁘고 활기찬 시간을 보내고 있다. 아들이 밥을 먹고, 잠을 자고, 샤워하고, 술에 취해 들어오고, 연애를 시작하더니 헤어지고, 자전거를 타고, 기타를 치는 장면들이 스쳐 지나갔다. 동시에 같은 시간을 통과했을 세월호 유족들의 마음을 헤아려 보았다. 아이의 빈자리를 견디며 오열하고, 그리워하고, 막말과 씨름하고, 진상 규명을 위해 투쟁하는 삶이 동시대 같은 시간대를 흘러가고 있다는 사실에 가슴이 오그라들었다. 식탁에서 밥을 먹는 아들은 어엿한 성인의 모습인데 6년이 지나도 열여덟 아이의 앳된 얼굴로 멈춰 있는 사진을 마주하는 엄마의 심정은 어떨까. 그런 생각조차 미안해져서 숟가락을 내려놓았다.

'자식 잃은 어미의 심정'을 소설이나 드라마를 통해 자주 접하지만, 내가 겪지 않은 이상 그 마음을 이해하고 공감하는 건 불가능하다. 아이들이 끔찍한 사건에 희생되고, 사고로 다치거나 과로로 죽거나 억울함과 외로움 때문에 세상을 등지는 이야기를 들을 때마다 기가 막힌다. 그리고 '만약 내 아이였다면' 하고 생각하는 순간부터 감당하기 힘든 감정에 휩싸인다. 생각을 길게 이어갈 수가 없다. 사고 당사자를 개별화된 한 사람으로 바라보며 그의 삶 전체를 조망하기 위해 애쓰지만, 나는 끝까지 책임감 있게 그 사람을, 한 사건을 바라보지 못한다. 이야기를 접하는 동안은 가슴 아파하며 애를 태우지만 얼마 안 가 언제 그랬냐는 듯 잊어버리고 살아간다. 내 아이는 안전하게 집에 있고, 우리 집에 직접적인 재해가 닥친 것은 아니며, 길을 가다가 총탄에 맞을 가능성도 희박하다고 안도할 때가 얼마나 많은지. 동시에 그런 생각을 했다는 것만으로도 죄책감이 들고 내가 할 수 있는 일이 없어 무력해진다.

하지만 그 아픔을 모른 척해서는 안 된다고, 감정적인 공감을 넘어 이성적으로 사건의 본질을 제대로 알아야 한다고 스스로 다짐한다. 고통당하는 사람들의 심정을 헤아려보기 위해, 함부로 연민에 빠지지 않기 위해 나는 문학의 힘을 빌린다. 폭력과 증오로 가득한 세상을 보며 공포에 휩싸일 때마다 문학에 의지한다. 슬픔과 고통을 통과해나가는 이들의 마음이 어떤지, 만약 그들 곁에 머무는 사람이 된다면 나는 무슨 말을 해야 하고 어떤 말들은 입밖에 내서는 안 되는지를 배운다.

세월호 사건을 수시로 잊고 사는 것에 죄책감을 느낄 무렵 이 구절을 만났다.

지난 휴가 때, 자기가 자란 집에 돌아온 이저벨은 오빠들이 죽은 뒤 집에 내려앉았던 어둠을, 어머니의 삶에 얼룩처럼 온통 번졌던 상실감을 다시 떠올렸다. 오빠들이 죽었을 때 열네 살이던 이저벨은 사전을 찾아보고, 남편을 잃은 아내를 부르는 말이 따로 있다는 것을 알게 되었다. 남편을 잃으면 과부가 된다. 아내를 잃은 남편은 홀아비가 되고. 그렇지만 자식을 잃은 부모의 경우에는 그 슬픔을 드러낼 수 있는 표현이 따로 없다. 아들이나 딸이 더 이상 세상에 존재하지 않는데도 계속 아버지나 어머니로 불렸다. 이상한 일이었다. 이저벨은 사랑하는 오빠들이 죽었는데도 자신이 여전히 누이일까 생각했다.

-M. L. 스테드먼,《바다 사이 등대》, 문학동네

상상할 수조차 없는 고통과 충격 속에서도 묵묵히 그 고난을 통과하는 사람, 상실과 죽음이 코앞에 닥쳐도 살아있음 자체에 감사하는 사람들의 태도는 경이롭다. 처참한 모습으로 살아가면서도 인간의 존엄을 잃지 않는 사람들, 자신의 신념을 끝까지 지키고, 타인을 위해 기꺼이 자신의 모든 것을 내어주고, 이타적인 사랑을 베푸는 사람들. 그들의 아름다움에 나는 매번 압도당한다. 힘든 이야기를 읽으면서도 위로받는다. 문학이 그 모든 고통을 뚫고 아름다움을 향해 나아갈 때 그 책을 읽는 나도 덩달아 힘이 난다. 무너진 삶의 잔해 속에서도 희망을 품는 인간의 모습을 발견할 때 나도 하루를 살아갈 에너지를 얻는다. 야만적인 역사 속에서도 인간의 존엄을 지켜낸 정신을 기념하고, 자연의 경이와 아름다움을 노래한 시를 읽을 때 등을 곧추세운다. 냉소적인 시선을 거두고 나를 둘러싼 세상을 다시 바라보기 시작한다.

감수성은 '외부 세계의 자극을 받아들이고 느끼는 성질'을 말한다. 북한어로는 '감수력'이라고 하는데 '힘 력(力)'자를 쓰는 것이 인상 깊다. 문학적 접근 혹은 개별화된 한 사람의 서사로 접근함으로써 나를 둘러싼 외부 세계를 받아들이고 느끼는 데 그치지 않고, 감수력을 더 갈고닦아 서로의 삶을 바라볼 수 있다면 어떨까. 무관심과 이기주의가 팽배한 이 세상이 조금은 달라지지 않을까?

나를 둘러싼 세계를 더 정확하게 알려고 노력하고, 거기에서 벌어지는 모든 일이 나와는 무관하지 않다는 사실을 받아들이며 하루하루 겸허하게 살아야 한다는 것을 책을 읽으며 실감하곤 한다. 죽음의 문턱에 서 보았거나, 사랑하는 사람을 이미 잃은 사람의 이야기가 이제 더는 남 이야기 같지 않다. 언젠가는 나도 겪어야 할 일이기 때문이다.

부모님이 얼마나 더 내 곁에 머물러 계실까. 언젠가 맞닥뜨릴 이별을 생각하면 늘 아득해진다. 상상하기만 해도 눈물이 고인다. 두렵고 겁이 나지만 가만히 나를 다독인다. 지나간 것에 연연하느라, 미래의 슬픔에 미리 짓눌리느라 지금 눈앞의 삶을 허비하지 말라고. 사별의 고통은 피해갈 수 없고, 나 또한 불의의 사고를 당할 수도 있다는 것을 인정한다. 그런 순간을 위해 차곡차곡 비상약처럼 쟁여 두는 문장들이 있다.

> 튤립은 터무니없이 아름답게 피었다. 튤립이 자라는 언덕에서 한낮의 햇살이 넓게 퍼졌다. 올리브의 부엌 창에서도 튤립이 보였다. 노란색, 하얀색, 분홍빛, 진홍빛의 튤립이. 올리브가 깊이를 각각 달리하여 구근을 심었더니 튤립은 예쁘게 불규칙했다. 산들바람이 튤립을 살며시 휘청이게 하면, 형형색색이 떠다니는 마법의 수중(水中) 들판처럼 보였다.
>
> ─엘리자베스 스트라우트,《올리브 키터리지》, 문학동네

'터무니없다.' 허황하여 전혀 근거가 없다는 뜻을 가진 단어가

이렇게 아름다움과 조화로울 수 있다니. 이 문장을 읽을 때마다 나는 경탄한다.

엘리자베스 스트라우트가 쓴 《올리브 키터리지》는 이상하고 불가해한 세상에서 맞닥뜨릴 수 있는 인간의 모든 감정을 해부하듯 파헤친 소설이다. 사랑과 배려, 친절, 연민, 환희에 휩싸인 순수하고 열정적이며 따뜻한 사람들의 모습을 담아냈다. 그런가 하면 질투와 배신, 악의와 증오에 찬 말들이 인물 간 대화 속에 적나라하게 드러난다. 누구에게도 들키고 싶지 않은 내밀한 속내를 낱낱이 묘사해 놓아서 손에 땀을 쥐고 읽게 된다.

올리브 키터리지가 불현듯 창밖을 보다 발견한 것은 터무니없이 망가진 자신의 삶이다. 더불어 그런 상황 속에서도 '예쁘게 불규칙한' 아름다움이 선물처럼 다가올 수 있다는 걸 깨닫는다. 자신도, 남편도, 각자 다른 사람을 사랑했던 지난날의 회한, 온전한 사랑의 기쁨을 주었던 아들이 며느리를 따라 곁을 떠난 뒤 일 년 만에 이혼한 일, 다시 돌아올 생각이 없는 아들에게서 느끼는 상실감. 그런 와중에 올리브는 튤립을 보며 감탄한다.

누구에게나 생각할수록 기막히고, 가슴을 후벼 파는 과거의 기억이 있을 것이다. 문학은 스스로 말하지 못하는 부끄러움과 수치심, 회한, 고통스러운 기억을 낱낱이 들추어 이야기하는 역할을 맡는다. 그런 이야기를 읽는 동안은 당혹스럽고 쓰라리지만 새로운 시선으로 담담하게 그때를 다시 바라볼 기회를 얻기도 한다.

내 기억 속에서 여전히 터무니없는 실수가 반복 재생되고, 자책하며 괴로워할 때 고개를 들어 다른 곳을 볼 수 있도록 문학이 이끌어 주기도 한다. 슬픔과 고통에도 품위를 부여할 수 있다는 가능성을 볼 수도 있다. 그렇게 문학은 비루하고 터무니없고 무의미해 보이는 일상에 불현듯 찾아오는 아름다움을 발견할 힘을 선사한다.

2021년 새봄이 찾아왔다. '코로나19 사태'는 종식될 기미가 보이지 않는다.

지난겨울, 유난히 눈이 자주 내렸다. 적막한 단지 안에 까르르, 웃음소리가 울려 퍼지면 순전한 기쁨에 겨워 내지르는 그 소리에 가슴 한쪽이 찌르르했다. 창밖 나무들이 눈옷을 입으며 서서히 변해가는 모습을 보고 있으면 깊은 위안이 소복이 쌓이는 것 같았다. 갈색 낙엽 더미들이 흰 도화지처럼 펼쳐지고 죽죽 선을 그은 고동색 나무들이 힘차게 솟아올라 파란 하늘을 향해 서 있다가 한 폭의 수묵화처럼 변신하는 모습은 바이러스의 재앙으로 깊어진 시름을 잠시나마 잊게 해주었다.

어느덧 창밖으론 연둣빛 물결이 일렁이더니 하루가 다르게 녹음이 짙어지고 있다. 어김없이 찾아온 새봄. 나무들을 보며 날마다 고맙다.

올리브 키터리지가 내 창밖에 펼쳐진 봄 숲을 바라본다면 뭐라고 이야기할까. 불과 두어 주 전만 해도 갈색 나뭇잎들을 매달고 있던 상수리나무들이 온통 초록 옷으로 갈아입은 모습에 참 감쪽같은 녀석들이군, 하지 않았을까.

초록 이파리들 사이에서 동글동글 꽃봉오리가 맺히더니 며칠 사이 팥배나무에 꽃이 활짝 피었다. 시리도록 하얀 꽃이다. 가슴이 시큰하다. 참으로 터무니없이 아름다운 순정한 시간이 지나고 있다.

수시로 울컥하는 이런 순간들이 내 삶의 자양분이 아닐까. 그러니 나를 둘러싼 풍경 하나 허투루 보지 않고 깊은 성찰로 나를 이끄는 문학의 언어들을 부지런히 수집한다.

아름다움 수집 미션

오래 아껴온 문장 꺼내 보기

힘들 때마다 꺼내 보는 문장들이 있습니다. 학창 시절에는 편지
의 첫머리나 마지막에 멋을 부리듯 유명한 고전의 한 구절을 적
기도 했지요. 예를 들면 데미안의 '새는 알에서 나오려고 투쟁한
다.' 같은 문장.

인상 깊게 각인된 문장은 세상을 보는 새로운 프레임이 되어 줍
니다. 저는 세상에서 벌어지는 일들이 끔찍하고 절망스러울 때,
그런데도 터무니없이 아름다운 것들이 무엇일까 두리번거리며
찾아봅니다. 그렇게 발견한 아름다움을 고스란히 담아낸 단어와
문장을 만나면 아름다움 수집 노트에 정성껏 옮겨 적습니다.

담쟁이가 그려놓은 담벼락 앞에서 안도현 시인의 '한 뼘이라도
꼭 여럿이 함께 손을 잡고 올라간다(담쟁이)'라는 시구를 떠올리
고, V자를 그리며 날아가는 철새를 보면 '나는 그에게 내 힘을 보
낸다(뒤처진 새)'는 라이너 쿤체 시인의 마음을 기억합니다. 눈이
내리는 날이면 '어린 나무의 눈을 털어주는(어린 나무의 눈을 털어
주다)' 올라브 하우게 시집을 찾아봅니다. 그렇게 이 세상을, 제

삶을 사랑하려고 애씁니다.

오늘은 여러분이 오래도록 아껴온 문장 하나를 꺼내 가만히 읊조리며 처음 그 문장을 만났을 때의 감동과 환희를 되새겨 보시길 바랍니다. 모아둔 문장이 없다면 오늘부터, 이 책에서 문장을 수집해보는 것은 어떨지요.

22

마음이 허기진 날엔
쌀국수

김금희 작가의 〈파리 살롱〉이라는
짧은 소설을 읽다가 '나의 쌀국수 집'을 떠올렸다. 소문을 듣고 몇
번 갔지만, 그때마다 줄이 길게 늘어서 있어 다른 식당으로 발길을
돌리곤 했다. 가고, 되돌아오고를 반복하던 어느 날, 시간대를 잘
맞춰 간 덕에 드디어 맛을 볼 수 있었다. 진하고 맑은 고기육수가
엄마가 끓여준 소고기국이랑 비슷해서 내 입맛에 딱 맞았다. 무척
추운 날이었는데, 입에 착 감기는 뜨끈한 쌀국수 한 그릇을 먹고
나니 마음마저 훈훈해졌다. 그날 이후 마음을 덥히고 싶은 날이면
그 식당에 간다.

소설 속 주인공 '윤'은 식당에서 '경'을 기다리고 있었다. 연애
시절 서로의 감정이 반짝이던 순간을 회상하던 윤은 나타나지 않
는 경에게서 '분명한 상실의 신호'를 감지했다. '시드는 감정이란
그렇게 슬픈 일이었다'는 문장을 보며 윤이 식당에서 느낀 추위가
어떤 것이었는지 나는 알 것 같았다. 약속 시간에 늦을까 봐 달려
가던 마음이 사라지고, 컨디션이 안 좋거나 날씨가 궂으면 다음에
보자고 말하게 될 때, 싸우고 나서도 화해할 의지가 생기지 않을
때, 같이 앉아 있어도 외로울 때, 불현듯 서로에게서 감지하게 되
는 서늘함 같은 것.

이 책을 읽을 즈음 나는 뭐라 설명할 수 없는 감정에 이름을 붙

이고 싶었던 것 같다. 한결같은 마음이라는 말을 좋아했고, 즐겨 썼다. 내 마음이 그럴 줄 알았고 좋아하는 사람들도 그런 마음이 길 바랐다. 나를 좋아해 주는 마음 그대로 끝까지 나를 바라봐 주었으면 했다.

그러다 소설에서 발견한 '시드는 마음'이라는 표현에 마음 한구석이 풀썩 주저앉는 것 같았다. 당혹스럽고 슬퍼졌다.

그래, 이런 거였어. 조금씩 시들고 변해가는 마음.

마음은 가만히 있을 수 없다. 죽어 있는 마음은 가능하지 않으니까. 마음은 하루에도 몇 번씩 오르락내리락하고, 부풀었다 꺼졌다 하고, 뜨거워졌다가 갑자기 차가워지니까. 한결같은 마음을 바란다는 것 자체가 말이 안 되는 거였다. 잘 아는 데도 나는 바랐다.

'그래도 마음이 변하면 안 되는 거잖아?《스토너》에서도 그랬 잖아. 사랑은 무언가 되어가는 행위, 순간순간 하루하루 의지와 지성과 마음으로 창조되고 수정되는 상태라고. 좋아한다며? 그럼 더 예쁘게 봐주고, 더 깊어져야지. 꺼져가고, 사라지고, 변질되는 건 아니잖아?'

이렇게 항변하며 마음은 변하지 않아야 한다고 고집을 부렸다. 어쩌면 나는 시들어 가는 마음을 감당할 자신이 없었던 건 아닐까. 그래서 내 마음도, 상대방 마음도 한결같기를 강요한 건 아니었을까. 마음이 콕콕 쑤셔왔다. 그걸 인정하는 순간 내 마음속 화사한 꽃다발이 폭삭 시들어버릴 것만 같았다.

독서 모임 운영은 나의 직업이다. 나를 믿고 찾아온 이들을 귀하게 여기며 성의를 다해 친분을 쌓는다. 책을 읽고 이야기를 나누는 동안 서로의 마음과 삶을 들여다보게 된다. 책을 매개로 특별한 관계가 맺어진다. 마음을 깊이 건드리는 책일수록 관계는 더 돈독해질 수밖에 없다.

함께 보낸 시간에 비해 급속도로 가까워지는 이유는 자신을 보호하기 위해 겹겹이 쓰고 있던 사회적 가면을 벗고 만나기 때문이다. 사람들은 독서 모임을 통해 어디에서도 경험하지 못한 정을 느낀다. 서로에게 곁을 내어주고, 용기를 북돋워 주고, 힘들 때마다 응원해주면서 연약했던 마음이 튼튼해진다. 불안정한 삶에 지치고, 이해관계로 얽힌 관계에 피로감이 누적된 사람들은 독서 모임에서 위안을 받는다. 경청하는 사람들의 눈빛에서 위로를 받고, 나의 말이 수용되고 존중받고 있다는 느낌에 존재감이 고양되기도 한다. 안전한 그물망 위에 서서 어떤 말이라도 할 수 있는 용기가 생긴다. 그 특별한 경험을 선사한 사람들에게 어떻게 각별한 마음을 품지 않을 수 있겠는가.

독서 모임 운영자로서 나의 중요한 임무는 자신의 마음 상태가 어떤지 깊이 들여다볼 수 있도록 도와주는 책을 고르는 일이다. 처한 상황에 따라 책을 읽는 방식도, 책을 소화하는 기간도 달라서 각자가 스스로 체득하는 과정이 중요하다.

모임에서 만난 이들이 그 자리에 나오기까지 얼마나 망설였는지 잘 안다. 자신의 틀을 깨고 나오는 것이 얼마나 어려운지, 타인과의 만남에서 맞닥뜨릴 일들에 대한 걱정과 두려움이 얼마나 오래 발목을 붙잡았는지도. 나도 그랬으니까. 그래서 모임이 끝나고 집으로 돌아간 뒤에 펼쳐질 참석자들의 일상을 그려보려 애쓴다. 혼자가 되어도, 모임의 여운이 사그라들어도, 다시 모임에 나가지 못하더라도 괜찮기를 기원한다. 혼자 책을 읽으면서도 충만하기를, 밑줄을 그으며 탐독하는 동안 흐트러진 마음도 가지런히 정돈되기를, 함께 좋아했던 문장을 읽으며 부디 힘을 내기를 바란다.

커리큘럼이 아무리 훌륭하고 모임을 이끄는 리더의 역량이 탁월해도 참석자 스스로 자신의 문제에 천착하며 읽는 행위가 뒷받침되지 않으면 소용없다. 때가 되면 다시 혼자 읽기의 세계로 들어가 오롯이 제힘으로 나아가야 한다. 책을 제대로 읽는 이들은 그 힘을 스스로 만들어낸다. 그러니 모임이 점점 많아지고 그 안에서 서로 성장하는 기쁨과 보람을 느끼다가도 늘 마음이 쓰인다. 모임에서 자극받아 스스로 일으켜 세운 그 마음이 계속 잘 있는지, 흔적도 없이 사라져버리지는 않았는지……

모임을 열고 운영하는 나에게도 여러 마음이 깃들어 산다. 타인의 기대와 호의가 신기하고 고마우면서도 모임이 만족스러울지 궁금하고, 좋지 못한 평가를 받진 않을까 전전긍긍한다. 다행히 모임을 열 때마다 자리가 차고, 잊지 않고 계속 찾아와 주시는 분들 덕에 지금까지 별 탈 없이 모임을 지속해 왔다.

고백하자면 학창 시절부터 사람을 사귀는 데 어려움을 많이 겪었다. 낯가림도 심하고 소심해서 처음 만나는 분들과 독서 모임을 하는 게 겁이 날 때가 많았다. 감사하게도 분에 넘치는 사랑을 받았다. 단지 책을 열렬히 좋아하고 열심히 읽는 것밖에 내세울 게 없는 나를 믿고 오시는 분들을 위해 늘 고심했다. 세심하게 안내하고, 이름을 기억하려 애쓰고, 주고받는 글 몇 줄에도 예의를 갖추려고 노력했다. 감응하는 태도가 관계의 깊이를 달리한다고, 마음은 서로 영향을 주고받는다고 믿는다. 나의 진심이 참여하신 분의 마음속으로 흘러 들어가 스며들 때, 서로에게 충실했고 순도 100%로 함께 빛났다.

하지만 모임이 끝나면 조금씩 변하기 마련이다. 너무 좋았고, 정말 고마웠고, 기쁨과 보람으로 충만했던 마음도 시간이 흐를수록 서서히 퇴색한다. 부지런히 연락을 주고받고 다시 만나 이야기를 나누지 않는 이상 그 마음이 방부제 처리를 한 것처럼 그대로 유지될 수는 없다. 그걸 인지하는 순간 허전하고 쓸쓸해진다. 이유도 모른 채 서먹해지는 관계도 슬프고, 오래 지속한 모임이 끝나 사람들과 헤어지는 일도 힘들다.

'시드는 감정이란 그렇게 슬픈 일이었다'는 소설 속 문장에 가슴이 찡하면서도 위안을 받았던 건 그 마음이 어쩔 수 없이 생겨

나는, 누구에게나 찾아오는 감정이라는 걸 인정하게 되었기 때문이다. 행복했던 파리 여행을 떠올리며 관계를 회복하고 싶었던 윤은 돌이킬 수 없는 상황을 직시하고 스스로 감정을 일으켜 세운다. 따뜻한 양파 수프를 천천히 먹으며 '어딘가에서 불현듯 추위를 느끼고 혼자라는 걸 실감할 때 어디든 가장 가까운 곳에 들어가 누구도 기다리지 않고 따뜻한 것, 아주 따뜻한 것을 먹겠다'고 생각한다.

마음에 허기가 밀려오는 순간, 유난히 시큰거리는 날, 그런 날이면 윤의 양파 수프가 생각난다. 고기와 숙주를 수북이 얹은 쌀국수를 먹고 싶어진다. 뜨거운 국물이 몸 안에 퍼지는 순간 시들었던 감정도, 허기진 마음도 기운을 차릴 것 같아 긴 줄에도 아랑곳하지 않고 먹으러 간다.

허기질 때 먹을 음식 목록 작성하기

'파리 살롱'은 김금희 작가의 《나는 그것에 대해 아주 오랫동안 생각해》라는 책에 실려 있습니다. 책은 우리의 마음을 돌보고, 나아가 삶을 가꾸는 방법에 대해 생각할 기회를 줍니다. 독서 모임에서 이 소설을 읽고 '나만의 인생 매뉴얼'을 작성해 보았어요. 여러 항목 중에 '나를 위한 음식 목록'도 있습니다. 여러분만의 목록을 만들어보세요.

1. 책 밥: 저는 읽을 때마다 구멍 난 마음을 100% 채워주고, 시들었던 기분을 확 살려주는 그림책을 선호합니다. 여러분은 어떤 책을 읽을 때 기운이 나시나요?

2. 진짜 밥: 꼭 세부 목록을 작성해 두세요. 마음이 힘들 때는 뭔가를 생각하거나 찾아볼 의욕도 안 생기니까요. 가벼운 마음으로 갈 수 있는 너무 멀지 않은 식당이 좋겠죠. 메뉴도 미리 정해 놓고요. 식당 이름을 메모하고, 휴무일도 표시해 두세요. 제 목록이 궁금하시다고요?

미분당 쌀국수, 파델라 명란 파스타, 옥천냉면, 로덴드론 바닐라 라떼, 가나안 추어탕, 샤브소반 샤브샤브, 노아스 캬라멜 솔티라 떼…… 계속 늘어나는 중입니다.

23

글쓰기,
나의 총합

'나는 왜 글을 쓸까? 나 자신을 견뎌내기 위해서다.'

책상 옆 벽면에 오래 붙어 있던 글귀다. 줌파 라히리의 말이다. 글쓰기 관련 책을 쌓아두고 읽었다. 좋은 글을 반복해서 읽고 필사하면서 글 잘 쓰는 법을 배우고 싶었다. 타고난 재능이 없으니 공부하고 연습하면 되겠지 싶었지만, 아무리 노력해도 내가 부러워하는 사람들처럼 쓸 수 없다는 것을 깨달았다. 그리고 터득한 한 가지. 글은 각자의 고유한 이야기여서 비교하는 것 자체가 의미 없다는 것. 그러니까 내가 할 수 있는 건 정직하게 쓰고 성의 있게 다듬는 일이라고 생각했다. 내 이야기는 나만의 것이고 나밖에 쓸 수 없으니 말이다.

블로그에 차곡차곡 쓴 책 이야기와 독서 모임 경험을 토대로 《모두의 독서》와 《함께 읽어 서로 빛나는 북 코디네이터》를 출간했다. 요즘은 SNS라는 울타리에 내 삶을 맞대 놓고 살아가는 중이다. 날마다 보고 느끼고 생각한 것을 쓴다. 아름다워서 쓰고, 슬퍼서 쓴다. 내 앞에 놓인 문제가 가장 크고 무거운 것인 양 과장하지 않기 위해 애쓴다. 부풀려진 자아를 눌러 바람을 빼고 진솔하고 성의 있게 쓰려고 노력한다. 마음이 엉망진창인 날은 나를 방치하지 않고 자신을 돕기 위해 글을 쓴다. 문제가 생기면 글을 쓰며 거리를 두고 바라본다. 그러면 숨통이 트인다. 대안을 찾아내기도 한다. 보물 같은 책을 발견하면 정성껏 소개하고, 책의 세계로 초대하기 위해 글을 쓴다. 찰나의 순간들이 모여 알록달록한 바둑판무늬를 이루고 있는 사진들을 볼 때면, 지나온 시간을 지금까지와는 다른 방식으로 인식하게 된다. 도대체 뭘 하고 살았을까 공허해지는 순간 확인할 증거가 생긴 것이다.

읽고 쓰는 사람, 엄마이자 주부, 작가이자 북 코디네이터, 더 많이 사랑하고 더 친절하게 살려고 애쓰는 사람. 좋아하는 일이나 잘하고 싶은 일에는 열정을 불사르며 몰입하지만, 불편하고 싫은 일에는 지나치게 예민하고 까칠해지는 사람. 이제는 나의 정체성을 구체적인 언어로 표현할 수 있게 되었다.

두루뭉술하게 표현하던 감정을 글로 풀어내면서 조금은 자유로워진 것 같다. 모르는 것을 창피해하지 않고, 배우는 즐거움과 보람에 대해 말할 수 있게 되었다. 글을 통해 나의 허물과 허세와 거짓을 고백하는 과정에서 자신을 용서하고 긍정하게 되었다. 실패한 일을 교훈 삼아 세밀하게 다시 계획을 세우고 보완하는 법도 익혔다. 내 마음속에는 두려움과 희망이 함께 살고 있기 때문에 갈팡질팡할 수밖에 없다고 인정하게 되었다.

글쓰기는 나의 조각들이다. 나의 환희, 나의 절망, 나의 가능성, 나의 한계의 총합. 그 조각들이 조화롭게 무늬를 이루어가는 나의 인생 그림을 기대한다.

이제는 줌파 라히리의 글에서 뚝 잘라냈던 문장을 이어 붙여서 써 놓을 수 있을 것 같다. 견뎌내는 것뿐 아니라 나와 나를 둘러싼 모든 존재의 신비를 탐구할 수 있는 마음가짐을 얻었기 때문이다.

나는 왜 글을 쓸까? 존재의 신비를 탐구하기 위해서다. 나 자신을 견뎌내기 위해서다. 내 밖에 있는 모든 것에 가까이 다가가기 위해서다.

나를 자극한 것, 날 혼란에 빠뜨리고 불안하게 하는 것, 간단히 말해 나를 반응하게 만드는 모든 것을 이해하고 싶을 때 그걸 말로 표현해야 한다. 글쓰기는 삶을 흡수 하고 정리하는 내 유일한 방법이다…… 난 글을 쓰지 않으면, 말로 일하지 않으면, 이 땅에 존재한다고 느끼지 못하는 것 같다.

　　　　　-줌파 라히리,《이 작은 책은 언제나 나보다 크다》, 마음산책

줌파 라히리는 자신에게 작가의 권위를 부여한 영어를 포기하고 이탈리아어로 글을 쓰면서 새로운 정체성을 만들었다. 자기를 추방하듯 낯선 언어의 세계에 자신을 내몰고, 치열하게 자신만의 새로운 언어를 찾아 나섰다. 높은 가치와 힘을 추구하는 동력이 된 그의 '작은 책'은 이탈리아어 사전이다. 글쓰기의 아름다움을 발견하게 해주고 글쓰기를 통해 좀 더 가치 있는 삶을 꿈꾸게 해준 나의 작은 책은 줌파 라히리의 책이다.

글쓰기의 힘을 절감하게 해준 또 다른 책이 있다. 전남 곡성군 입면 서봉마을에 사는 할머니들이 쓴 시집이다. 곡성 길작은도서관 김선자 관장님은 연필 한 번 잡아본 적이 없는 할머니들에게 한글을 가르쳤고, 할머니들은 그저 이름 한 번 써 보겠다는, 혹은 자식들한테 편지 한 장 쓰고 싶다는 소망으로 용기를 내 공부를 시작하셨다. 그런데 시집이라니!

고된 농사일과 엄한 시집살이로 점철되었던 삶이 글을 배우고, 시를 쓰는 동안 《詩집살이》로 변모된다. 신산한 삶 속에서도 할머니들의 시선은 어찌나 정겹고 따스하고 섬세한지. 누에를 칠 때는 하얀 고치를 보며 예쁘다, 기특하다, 하시다가도 돈으로 바꿔 오는 길에는 번데기에게 미안하다 눈물짓고, 수박을 거두면서는 한 덩이씩 시집보낸다고 하신다. 탐스럽게 내리는 눈을 보며 당신의 인생도 '사박사박' 잘 살아왔다고, 잘 견뎠다고 시를 쓰는 모습에서 글쓰기가 어떻게 상처를 위로하는지 실감했다.

할머니들은 남편의 외도, 자식의 죽음, 고달픈 농사일 등으로 괴롭고 아팠던 지난날을 시 속으로 불러들여 다독이고 위로했다. '오장이 상할 만큼 서럽고, 속이 타들어 갔고, 기막힌 상황을 모른 척할 수밖에 없었다.'라고 쓰는 순간 그동안 드러내지 못해 더 한이 되었을 고통과 슬픔을 조금은 덜어내지 않으셨을까. 할머니들의 삶이 시의 언어를 입고 새로운 의미로 태어나기까지 할머니들은 물론이고, 선생님, 편집자, 출판인 모두 한 마음이었을 것 같다.

할머니들의 시를 읽으며 나도 숨겨두었던 이야기를 꺼낼 용기가 생겼다.

　타인의 위안에 기대지 않고 한 자 한 자 내가 쌓아 올린 활자에 마음을 기댄다. 글은 견고하고 단단하게 그 자리에 남아 내가 노력한 시간을 증명한다. 그것으로 이미 나를 일으켜 세우는 기분이 든다. 메리 파이퍼는《나의 글로 세상을 1밀리미터라도 바꿀 수 있다면》에서 '에세이는 우리가 얻은 깨달음을 세상 사람들과 나누기 위해 보내는 초대장'이라고, 그 깨달음을 다른 사람들과 나눌 때 세상이 바뀔 수 있다고 글쓰기를 독려한다. 이 책을 읽고 결심했다. 대단한 경험이 아니어도 무언가 배우고 깨달은 게 있다면 열심히 쓰겠다고. 나의 글로 세상을 1밀리미터라도 바꿀 수 있다면 당연히, 열심히 써야 한다고 말이다.

　그렇게 쓴 글로 밥벌이까지 할 수 있으면 좋겠지만 쉽지 않은 일이다. 좋은 글을 쓰는 건 너무 어렵고, 잘 쓰는 일은 요원하다. 나는 다만 매일 쓰는 것을 신성한 노동으로 여기며 열심히 성의 있게 쓴다.

　이왕 쓰는 글이 삶의 지혜가 묻어나는 글이면 좋겠다. 차곡차곡 쌓여 곡성 할머니들처럼 글이 곧 삶처럼 되기를 바란다. 성장을 멈추는 것이 죽음이라면, 나를 자라게 하는 수단으로 매일 글을 쓰는 것만큼 확실한 노후 대책은 없다고 믿는다.

　누가 시키지도 않았는데 기꺼이 반복하는 일, 괴로워하면서도 멈추지 않는 일, 시작할 땐 막막하지만 막상 하고 나면 개운해지는 일, 하면 할수록 점점 더하고 싶어지는 일. 지금 나에게는 글 쓰는 일이 그렇다. 나이 들수록 좋아지는 것 중 글쓰기를 1순위로 꼽고 싶다. 글을 쓰는 시간만큼 나에게 너그럽고 다정해지는 때가 없다. 그러니 내일도 나는 뭔가를 쓰기 위해 한참을 끙끙대다가 마지막 문장에 마침표를 찍는 순간, 미소 지으며 고개를 끄덕일 것이다. '역시 쓰길 잘했어'라고 중얼거리며.

나를 위로하고 칭찬하는 글쓰기

'내가 쓴 최상의 글은 일기 속에 있다.' 토마스 머튼의 말입니다. 저는 이 말의 의미를 이렇게 해석합니다. 최상의 글은 진솔하게 쓴 글이라고요.

우리는 일기장에 어떤 말이든 쓸 수 있습니다. 글을 쓰는 동안 자신을 있는 그대로 들여다보며 이해하려고 애쓰게 되는 것 같아요. 그러니 글쓰기는 행위 자체에 의미가 있습니다.

학교에서 숙제로 지겹게 쓰던 일기, 늘 반성만 해야 했던 지루한 일기가 아닌 나를 위로하고 사랑해주는 일기를 써 보는 게 어떨까요.

오늘 일기에는《詩집살이》에 수록된 할머니의 시처럼 '잘 살았다 / 잘 견뎠다 / 사박사박'이라고 자신을 위로하고 칭찬해주는 글을 써 보세요. 오늘 잘한 말, 오늘 잘 참은 것, 오늘 잘 논 것, 오늘 잘 버린 것, 오늘 잘 결심한 것, 오늘 잘 만든 것, 오늘 잘 먹은 것 하나도 남김없이 다 기록하는 거예요. 조금이라도 효과가 느껴진다면 내일도, 모레도 쭈욱~

24

진심의
공간

아름다운 것들을 수집하는 동안 눈에 보이는 풍경이나 사물에만 눈길을 준 건 아니었다. 어떤 날은 사람이 어쩜 이렇게 아름다울 수 있을까, 감탄하기도 했다. 그런 사람과 이야기를 나누다 보면 오묘하고 은은한 감정의 파동이 전해진다. 두 사람만을 위해 맞춤 설계된, 탁자가 놓인 작은 공간에 꼭 맞게 들어앉아 있는 느낌이 든다. 더없이 편안한 모습으로, 그저 나인 채로 있어도 되는 공간. 나는 그런 자리를 '진심의 공간'이라 부르고 싶다.

건축가 김현진의 《진심의 공간》을 읽고 관계의 본질에 대해 늘 고심한다. 이 책은 내가 머무는 자리에 대해 성찰할 기회를 주었다. 어떤 마음으로 사람을 대하는지, 어떤 모습으로 공간에 존재하는지 돌아보게 되었다. 또한 사람을 대하는 태도든 내 삶에 임하는 자세든 '진심'이라는 말의 깊이와 무게를 가늠하며 살게 되었다.

'아름다움 수집 일기'에는 사람에 대한 기록이 여럿 있다. 그 가운데는 책을 만드는 이와의 만남도 있다. 책을 전시하고 판매하는 행사장에서 자신이 만든 것 중 특히 공들여 만든 책을 소개하는 모습에서 '진심'이 느껴졌다. 그렇게 만난 《여유당 인물산책 1- 아스트리드 린드그렌》 덕에 나는 어릴 적 만화로 만났던 삐삐를

책으로 읽고, 작가에 대한 강의를 찾아 듣고,《산적의 딸 로냐》와 《사자왕 형제의 모험》 등 문학적으로 빼어난 동화들을 다시 읽었다. 그러는 동안 어린이, 자연, 책에 대한 작가의 진심 어린 애정에 깊이 감화되었다. 전쟁에 반대하고, 정치가들의 위선과 불의에 맞서 자신의 신념을 법안으로 관철시키는 모습과 한결같이 어린이를 사랑하고 존중했던 작가의 삶을 알게 되어 감사했다. 그 모든 인연 밑에 '아름다운 순환 고리'라고 적어 놓았다.

좋은 책은 페이지마다 다양한 마음이 깃들어 있다. 사랑하는 마음, 더 나은 세상을 염원하는 마음, 가치 있는 것들이 전파되길 바라는 마음 같은 것. 복잡하고 지난한 과정을 거치며 책을 만드느라 분투하는 사람들의 진심을 독자로서 온전히 잘 받아들고 싶다.

진심은 때로 눈빛이나 세심한 몸짓, 드러나지 않는 행위에서도 드러난다. 아픈 가족을 보살펴본 이들은 주고받는 눈빛만으로도 깊은 위안을 받을 수 있다는 걸 경험했다.

"남편과의 산책이 이렇게 좋은 줄 몰랐어요."

본인의 남편도 심각한 질환이었다는 것만 언급했을 뿐 지나온 이야기를 구구절절 늘어놓지 않았는데도 눈물이 핑 돌았다.

'맞아요. 지금 제가 그렇거든요. 늘 해오던 것들이 당연한 줄 알았어요. 산책하는 것도, 병원이 아닌 집에서 아침을 맞는 것도, 늘 같은 시간에 현관문을 열고 들어오는 사람에게 어서 와요, 하고 인사를 건네는 것도 이제는 다 기적처럼 여겨져요.'

줄줄이 쏟아 놓고 싶은 말을 삼키고 고개만 끄덕였다. 주황색 노트의 6월 20일 페이지를 펼치면 파란 색연필로 진하게 덧칠해 놓은 '진심의 눈빛'이라는 글자와 한 사람의 이름이 적혀 있다. 염려와 응원이 담긴 따뜻하고 사려 깊은 눈빛, 그날 온 마음으로 끌어안은 아름다움이다.

처음 만나는 사람에게서 환대를 받을 때나 뜻밖의 말 한마디에서 위안을 얻을 때도 '진심'을 느낀다. 어떻게 해야 진심을 주고받으며 더 깊은 마음으로 만날 수 있을까? 상대방의 안부를 건성으로 묻지 않는 것부터 시작하면 어떨까. 그 사람이 지금 어떤 상황인지, 그동안 무슨 일을 겪었는지 자세히 알지 못하지만 그이가 애쓰며 살았을 시간을 잠시나마 헤아려보고 인사를 건네면 어떨까? 안녕하냐고, 그동안 어떻게 지냈냐고, 부디 잘 지냈기를 바란다고. 아마도 바라보는 표정이나 눈길에서 그 마음 한 조각이 빛나지 않을까? 나도 만나는 이들에게 진심의 눈빛과 마주했던 사람으로 기억되고 싶다.

"진심이야."라고 덧붙이는 말은 자신의 말이 제대로 받아들여지지 않을 것이라는 염려에서 나오기도 한다. 상대방에게 인정받고 싶을 때나 헝클어진 관계를 바로잡고 싶을 때 건네기도 하기 때문이다.

친해진다는 게 어떤 의미일까. 좋은 관계를 유지한다는 명목으로 내키지 않는 일을 할 때도 있고, 하고 싶은 말을 꾹 눌러 참을 때도 있다. 좋은 게 좋은 거니까 서로 불편해질 말은 삼가고, 짚고 넘어가고 싶은 이야기를 꿀꺽 삼킨다. 그럴 때마다 마음이 불편하다. 나뿐만 아니라 상대방을 속이는 것 같아 괴롭다. 사실 마음에 안 든다고, 불편하다고 말해주고 싶은데 상대를 내 방식에 맞추려는 욕심이 아닐까 싶어 조용히 포기한다. 진심을 감춘다. 아끼고 존중하는 사람일수록 해야 할 말과 하지 말아야 할 말을 가려서 해야 하는데 반대로 할 때가 많다. 안 해도 되는 이야기는 굳이 해서 속을 긁고, 해 주면 좋은 이야기는 게으르거나 무심해서 생략한다. 어쩌면 관계가 서먹해지거나 예전 같지 않은 사이가 될까 봐 두려워서 입을 다무는 것일 수도. 진심이라는 말은 따스하고 환하지만은 않다. 때로 따갑고 서늘하다.

탁자를 사이에 두고 마주 앉은 사람 앞에서 애정과 신뢰를 가늠하며 이야기를 나눌 때가 간혹 있다. 마냥 좋은 사람으로 남기 위해 꼭 필요한 이야기를 생략한다면 그건 진심어린 관계에서 조금씩 뒤로 물러나는 게 아닐까? 대화를 나누면서 말의 수위를 조절하고 내 안의 진심의 눈금을 수시로 체크한다.

자연스럽고 일상적인 대화를 나누는데도 진심 어린 말이 풍성하게 자리를 채우는 느낌이 들 때, 서로의 존재가 고양되는 느낌은 얼마나 경이로운지. 한 사람의 존재를 있는 그대로 바라봐주고, 그가 하는 일을 중요하고 의미 있는 일로 치하해주는 모습은 얼마나 환한 풍경인지. 말로는 부족해 꾹꾹 눌러쓴 편지에 고마운 마음을 전하는 손길은 또 얼마나 뭉클한지. 좋아하는 간식거리를 슬그머니 놓아두며 응원의 뜻을 전하는 마음은 세상을 얼마나 살 만한 곳으로 만들어 주는지. 사람과 사람 사이에 흐르는 조건 없는 선의에 감동할 때마다 나도 누군가에게 진심을 일구는 사람이 되고 싶다.

날마다 울려대는 카톡 메시지의 무더기 속에도 아름다운 말이 차곡차곡 쌓여있다. 책상 위에 놓인 작고 귀여운 선물에 애정 어린 마음이 깃들어 있다. 하늘색 바탕에 꽃무늬가 새겨진 파우치 속에는 위로와 격려, 고마움을 꾹꾹 눌러 담아 쓴 편지가 가득 담겨 있다.

쉽게 쓰지만 결코 쉬이 도달하기 어려운 '진심'. 그 말의 의미에 대해 생각하다가 어느덧 나는 마음 깊숙이 손을 뻗어 묵직한 그 무언가를 집어 드는 상상을 한다. 좋은 것을 전하려는 참된 마음(眞心)이, 마음을 다하는 진심(盡心)으로 다가갈 수도 있다고 가르쳐준 모든 분들에게 내가 모은 아름다움의 조각들을 슬쩍 쥐여 드리고 싶다.

아름다움 수집 미션

나를 일으켜 세운 진심의 말 찾기

생각만 해도 눈물이 핑 도는 말이 있습니다. 어떤 말은 주저앉았다가도 벌떡 일어나게 할 만큼 힘이 셉니다. '띵동' 울린 문자 속에 내 마음속에 들어왔다 나간 것 같은 말이 쓰여 있을 때도 있습니다.

찾아보세요. 기억해 보세요. 분명히 있을 겁니다. 그 말을 기억하며 오늘 다시 위로를 받고, 다시 주먹 불끈 쥐고, 기운을 내보셨으면 좋겠습니다.

떠오르는 말이 없다고요? 그렇다면 아래 주소로 메일을 보내주세요. 지금 어떤 상황인지 살짝 힌트를 주시고요. 제가 온종일 책장을 뒤져서라도 여러분 마음이 잠깐이라도 환해질 구절을 골라 보내드릴게요.

miru1971@naver.com 북 코디네이터 이화정.

25

손으로도
전할 수 있는 것

　　　　　　　5인실 병동 출입구의 안쪽 자리
는 어두침침했다. 보호자 의자에 앉아 남편에게 손을 내밀었다.
내 손을 움켜쥔 남편의 손이 더없이 따뜻했다. 손발이 차서 고생
하는 내가 30년을 잡아 온 손인데도, 매번 그 온기에 감동하곤
한다.

　살다 보면 맞잡은 손에 힘이 들어가는 순간이 있다. 그날이 그
랬다. 수술 후 마취가 깨면서 남편의 통증이 심해졌는데, 진통제
를 요청해도 된다는 걸 몰랐던 우리는 손만 부여잡고 어쩔 줄 모
르고 있었다. 남편 손에 힘이 들어가기 시작했다. 그러다가 손아
귀가 아파올 정도로 내 손을 부여잡았다. 속으로 몹시 놀랐다. 무
서웠다. 얼마나 아프면 그럴까 싶어 겁이 났다. 그때 내 손을 잡고
기도해주던 이들이 떠올랐다. 나를 걱정하고 아껴주는 마음이 고
마워 잡은 손에 힘을 주자 그들이 내 손을 더 세게 움켜쥐었고, 그
단단한 느낌에서 깊은 안도감이 밀려왔던 기억이다. 양손을 모아
남편의 크고 투박한 손을 그러쥐었다. 내 손을 붙들고 버티는 그
의 손을 더 꽉 잡아주었다. 무엇이라도 할 수만 있다면 남편의 고
통을 덜어주고 싶었다.

　뼈마디가 툭 불거져 나온 마디, 엄지손가락 위쪽으로 돋아난 검
버섯 십여 개, 울퉁불퉁한 힘줄……. 나는 내 손을 별로 좋아하지

않았다. 어찌나 차가운지 손을 잡고 인사를 나눌 때면 상대방이 소스라치게 놀랄 정도다. 반가운 사람을 만나면 와락 손부터 잡는데, 늘 "손이 차서 죄송해요!"라고 인사를 건넸다. 그러면 사람들은 두 손으로 내 손을 더 오래 잡아주곤 했다.

정세랑의 《피프티 피플》은 손에 대한 나의 오랜 콤플렉스를 거두어 준 소설이다. 50명이 넘는 등장인물 중 한 사람인 설아는 가정 폭력을 당한 여성과 어린이를 지원하는 '해바라기 센터'에서 일한다. 자신이 맡아 진행한 바자회 정리를 마친 후 지친 설아가 옥상에 올라가 쉴 때의 일이다. '가장 경멸하는 것도 사람, 가장 사랑하는 것도 사람, 그 괴리 안에서 평생 살아갈 것'이라고 생각하는 사이 무심코 눈길을 돌린 지점에서 누군가 설아에게 손을 흔드는 걸 발견한다. 병원 입원실 창가에 있던 그 사람에게 손을 마주 흔들어주면서 설아는 생각한다. '창이 어두워서 잘 보이지 않았지만 손바닥만은 다정했다.'라고. 그때부터였다. 나는 못생긴 나의 손을 뒤집어 손바닥으로 관심과 애정을 열심히 표현하는 사람이 되었다.

아이들이 한창 예쁘던 시절, 남편은 비싼 카메라를 사서 사진 찍는 데 몰두했다. 덕분에 아이들의 유년 시절은 놀랍도록 생생하고 다채로운 기록물로 남아있다. 지금도 사진을 볼 때마다 그날의 감정이 고스란히 되살아난다. 아이들이 크고 난 뒤로는 시들해져서 카메라와 렌즈를 다 처분했는데, 수술 후 받은 보험금으로 남편은 다시 카메라를 구비했다. 그리고 예전처럼 열심히 사진을 찍기 시작했다. 20대의 두 아이가 카메라 앞에 서기를 거부한 덕분에 내 사진이 많아졌다. 그중에서도 내 손 사진이 유난히 많다.

　나는 길을 걷다가도 별의별 참견을 다 한다. 쪼그리고 앉아 풀꽃을 손가락으로 살살 쓰다듬고, 나뭇가지에 조르륵 매달린 어린 잎사귀를 아기 안듯 두 손바닥 위에 받치고 들여다본다. 나무 기둥을 어루만지다가 덥석 안기도 한다. 예쁘고 신기한 식물만 보면 남편에게 "얘 찍어 줘!" 하고 부탁하는데, 그 무렵부터 내 손바닥이 제법 사진발을 잘 받는다는 걸 알게 되었다. 남편은 귀찮아하면서도 열심히 찍어준다.

　자세히 보면 신기하고 멋진 존재들이 주변에 널려 있었다. 나는 작은 꽃들 사이로 손바닥을 펼쳐 무대를 만들었고, 남편은 그 장면을 공들여 찍었다. 내 손바닥 위에 놓인 벌레 먹은 나뭇잎, 익기도 전에 폭우에 떨어진 초록색 도토리, 소나무 껍질, 이름 모를 새의 솜털, 솔방울, 봉오리째 떨어진 벚꽃…… 모든 것이 신기하고 아름다웠다. 어느 가을 산책길에서 노랗게 물든 나무를 가리키는데, 갑자기 잠자리 한 마리가 내 손끝에 날아와 앉은 놀라운 일도 있었다. 남편은 침착하게 그 멋진 순간을 포착했다. 아름다움을 향해 손을 뻗을 때마다 나는 기쁨에 겨워 외쳤다.

　"와! 너무 예쁘지 않아?"

연달아 세 번의 수술을 받고, 열두 번에 걸친 항암 치료를 거치는 동안 남편과 같이 자주 산책을 했다. 벚나무가 길게 늘어서 있는 집 앞 큰 도로는 단골 산책로다. 봄에는 황홀한 꽃길이, 여름에는 초록 터널이 펼쳐진다. 가을이면 노랑, 주황, 빨강 잎들이 주단처럼 깔리는 길을 손을 잡고 걸었다. 어느 가을 아침, 문자가 도착했다.

"예쁜 나뭇잎 고르다가 전철 놓칠 뻔했어."

그날 주운 고운 빛깔의 낙엽은 남편 다이어리의 맨 앞장에 붙어 있다. 무심해 보이는 이 남자도 다람쥐 도토리 쟁이듯 아름다움을 수집하고 있다는 걸 알게 되었다. 군산에 다녀온 후에는 선유도 바닷가에서 모은 조개껍데기를 깨끗이 씻어 드라이기로 말리더니 작은 유리병에 담아두었다. 그 옆에는 고성 산불 현장에서 주워 온 솔방울과 까맣게 탄 나무껍질도 넣어두었다. 메타세쿼이아 열매와 내 몽당연필들도 병에 담겨 나란히 놓여 있다. 눈길을 사로잡는 풍경을 손을 뻗어 가리키는 순간 사랑이 드러난다. 두 사람의 손길이 닿고 포옹하듯 마주 잡을 때 사랑은 힘을 얻는다.

존 버거의 소설 《A가 X에게》를 읽고 나서 손이 얼마나 많은 표정을 가졌는지, 손이 얼마나 많은 이야기를 전달할 수 있는지 알게 되었다. 정치범으로 종신형을 두 번이나 선고받은 사랑하는 남자를 위해 편지에 손 그림을 그려 보내는 여자는 이렇게 말한다.

내가 보낸 손 그림들을 창문 아래 붙여 놓았다고 했죠. 그렇게 하면 바람이 불 때마다 그림들이 제멋대로 흔들린다고요. 그 손들은 당신을 만지고 싶은 거예요, 당신이 먼 곳을 보고 싶을 때 당신의 고개를 돌려주고, 당신을 웃게 해주고 싶은 거라고요. … 하지만 내 인생에서 나의 손은 당신을 웃게 해주고 싶었어요. 당신 엄지를 한 번 봐요! 그게 단추와 콩을 이어 주는 고리예요. 콩을 까거나 단추를 풀 때, 엄지손가락 동작이 거의 똑같잖아요.

-존 버거,《A가 X에게》, 열화당

소설 곳곳에는 손 그림이 등장한다. 아픈 사람을 돌보는 손, 고통 속에 살아가는 이들을 위로하는 손이다. 시위 현장에서 따뜻하고 엄숙하게 포옹하며 맞잡은 손이 등장하기도 하고, 함께 콩을 고르며 슬픔을 어루만지는 두 사람의 손을 비추기도 한다. 존 버거는 '모든 이야기는 또한 손의 이야기'이기도 하다는 것을 이 소설을 통해 보여주었다.

"당신이 아니면 포기했을 거야."

어느 날 남편이 뜬금없이 말했다. 그 순간에도 나는 손이 생각났다. 내가 아파할 줄 알면서도 놓지 못하던 남편의 손. 절박함에 힘주어 맞잡았던 두 손.

이 글을 쓰다 말고 재택근무 중인 남편에게로 갔다. 손을 내밀었다. 가만히 손을 쥐고 힘을 주었다. 남편은 영문도 모른 채 같이 힘을 주었다. 그러자 손바닥을 마주하고 움켜쥔 두 손의 엄지손가락이 꼭 끌어안은 모양이 되었다.

앞으로 우리에게 어떤 일이 닥쳐올지 알 수는 없다. 한 가지 확실한 것은 어떤 고통이 다가오더라도 마주 잡을 손이 있다면 견뎌낼 수 있으리라는 것. 사랑하는 이가 고통 속에 있을 때, 나는 손을 잡아주러 달려가겠다고 다짐한다. 고통을 나눌 수도 없고, 어떤 말로도 위로가 안 되는 상황에서 하고 싶은 이야기를 손으로 전하는 방법을 배웠으니까.

아름다움 수집 미션

고마워, 손으로 말해 봐요.

정은의《산책을 듣는 시간》에는 손으로 마음을 전하는, 간단하지만 인상 깊은 방법이 실려 있습니다.

"너는 어떻게 말해? 고맙다는 말?"
처음이었다. 나의 언어로 고맙다는 말을 어떻게 하는지 묻는 사람은. 그냥 고맙다고 말하면 되는데 나는 나도 모르게 엄마와 나만의 약속인 수화로 가득 찬 마음이라고 말했다. 어렸을 때 이후로는 쓴 적이 없는 수화였는데 갑자기 튀어나왔다. 손으로 상대방을 가리킨 다음에 심장 근처로 가져가 원을 그리며 쓰다듬는 일련의 동작을 그 애는 천천히 정확하게 따라했다. 그것은 이제 지구상에 단 세 명만 알고 있는 단어가 되었다. 나는 구화로 고맙다고 덧붙였다.

―정은,《산책을 듣는 시간》, 사계절

처음 이 책을 읽으며 그대로 따라해 봤던 게 생각납니다. 참 뭉클했어요. 이후 독서 모임에서 다 같이 서로를 향해 해주었던 동작이기도 합니다.

여러분도 한 번 해보세요. 손으로 가리키는 대상은 '나'입니다. 내 안에 내가 가득 차 있는 삶, 내가 나를 고마워하는 마음, 내가 너를 존중하고 사랑해줄게 약속하는 마음으로 두 번만 더 해 주세요.

26

타인을 위한
눈물 총량의
법칙

나이가 들수록 눈물이 많아진다는데 원래도 잘 울던 나는 큰일이다. 3, 40대 때는 자기 연민에 빠져 그렇게 울더니 50대가 되니 남 얘기가 다 내 얘기 같다고 수시로 운다. 가관인 건 '왜????' 하고 뜨악해할 정도로 갑자기 주르륵 눈물을 흘릴 때가 많다는 것이다. 버스를 타고 가다가 창밖에 흐드러지게 핀 벚꽃이 너무 예쁘다고 울고, 슬픈 영화도 아닌데 엔딩 크레딧이 올라가는 동안 눈물을 쏟고. 음악이 너무 좋다고, 그 장면이 너무 아름답다고 펑펑.

남편의 두 번째 수술로 5인실 병동에 머물 때였다. 일하는 아내와 고등학생쯤 되어 보이는 딸이 잠시 자리를 비운 사이 환자와 의사가 나누는 대화를 어쩔 수 없이 듣게 되었다. 암 판정을 받은 환자가 경제적 이유로 치료를 거부하고 있었다. 병원의 사회복지 프로그램 신청도 거부하고 무조건 퇴원하겠다며 고집을 부리는 환자의 목소리는 모든 걸 체념한 듯 심드렁했다. 의사는 보호자와 다시 얘기하겠다고 말한 후 병실을 나갔다. 이른 아침이라 보호자용 의자에 누워 담요를 덮고 있던 나는 벽 쪽으로 몸을 돌렸다. 입술을 깨물며 생각했다. '함부로 연민하면 안 돼. 내가 뭘 안다고.'

얼마 뒤, "나 갈게, 아빠!" 하는 소리가 들렸다. 목소리가 앳돼 보여 커튼을 살짝 열고 지켜봤다. 검정 트레이닝 바지에 검정 후드 티셔츠를 입은 작은 체격의 뒷모습을 눈에 담지만 않았어도 그렇게 대책 없이 울지는 않았을 텐데. 입을 틀어막고 한참 웅크리고 있었다. 아픈 남편에게 우는 모습을 들키고 싶지 않았다. 그러면 안 될 것 같았다. 하지만 결국 참지 못하고 남편에게 다가가 몸을 숙였다. 남편도 울고 있었다. 서로 부둥켜안고 오래 숨죽여 울었다. 우리 곁에 놓인 더 깊은 슬픔 앞에서 몰래 울어주는 것 말고는 할 수 있는 게 없었다.

마음을 터놓고 지내는 어느 선생님의 어머니가 돌아가셨다는 소식을 들었다. 간간이 투병 소식을 들으면서도 일상에 치여 안부도 자주 묻지 못하고 살았다. 지인을 배려하느라 조용히 상을 치르고 블로그에 담담하게 쓴 글을 보고서야 뒤늦게 알았다. 그동안 쌓아두고 읽었던 책들이 스쳐 지나갔다.《죽음과 죽어감》,《모친 상실》,《무릎 딱지》,《슬픔을 공부하는 슬픔》,《슬픔을 건너다》,《애도 일기》……

아, 어떻게 하지? 무슨 말을 해야 하지?

다 소용없었다. 울음밖에 안 나왔다. 엄마를 잃은 선생님의 마음은 언젠가 내가 마주쳐야 할 마음이기도 했다. 나는 아직 엄마를 잃는 그 거대한 슬픔을 헤아리지 못한다. 아직 경험하지 못한 걸 알 리 없다. 다만 최대한 상상의 나래를 펴고 상대의 슬픔에 동참하는 방법을 고민한다. 섣부른 위로를 건네지 않기 위해 노력하고 가장 적절한 말을 찾기 위해 고심한다. 이도 저도 안 되면 그냥 그 사람을 생각하며 운다. 선생님께 말씀드렸다. 혼자 울지 말고 같이 울자고. 충분히 슬퍼하자고.

　폭신한 베개에 머리를 묻고 잠이 들려는 순간 한 사람이 떠올랐다. 말기 암 판정을 받은 후 남겨질 사람들을 위해《새벽 4시, 살고 싶은 시간》을 쓴 신민경 작가님이다. 마약성 진통제를 먹고도 고통이 가시지 않는 새벽 4시에 써 내려간 기록은 슬픔에 압도당한 무겁고 심각한 글이 아니었다. 오히려 삶의 생기로 반짝거렸다. 아프고, 아쉽고, 슬픈 건 맞지만 그런데도 고맙다고 고백하는 글이었다. 소중하고 반짝거렸던 삶의 조각들을 소중히 끌어안고, 자신을 깊이 사랑하려고 노력한 흔적이 보였다. 삶을 긍정하는 유머를 장착하고 건강하게 살아가라는 말, 무엇보다 자기 자신을 사랑하라는 말이 아프고 고마웠다. 베개에 깊숙이 얼굴을 묻자 뭐라고 정의하기 힘든 마음이 방울방울 흘러내렸다. 이 밤, 작가님은 몸을 최대한 웅크린 채 머리를 바닥에 대고 엎드려 고통을 참고 있지 않을까? 밤 11시가 넘은 시각, 택배 상자를 내려놓고 간 기사는 지금쯤 잠자리에 들었을까?

　혼자 울었던 날들이 많았다. 자기 연민에 빠져 울었고, 아무도 내 마음을 모를 거라고 외로워하며 울었다. 지금도 여전히 잘 운다. 하지만 이제 다른 사람을 위해서도 운다. 나는 글을 읽으며,

조금씩 타인의 감정에 가닿는 연습을 한다. 사랑하는 이를 떠나보내는 순간을 담은 시, 아픈 몸을 사는 이들이 외로움과 고통에 관해 쓴 글을 읽으며 죽어가는 당사자와 그 죽음을 지켜보는 사람의 마음을 동시에 가늠해 보려고 애쓴다. 죽음 앞에서 삶을 향해 분투하는 마음과 체념하는 마음도 헤아려 본다. 그러는 동안 살아가며 타인과 나누어야 하는 많은 것들 속에 '눈물'이 있다는 것을 알게 되었다.

병원 로비에서 항암 주사를 맞고 있는 남편을 기다리고 있을 때였다. 동갑내기 친구 김지연 작가가 들려준 이야기가 떠올라 뜬금없이 눈물이 흘렀다. 나라면 감당하지 못했을 시련들이었다. 남을 위해 대신 울어줌으로써 아픈 기억이 희석될 수 있다면, 친구가 들려준 이야기를 모아놓은 양동이를 붙들고 내 눈물을 펑펑 쏟고 싶었다. 며칠 뒤 친구가 전해 준 쪽지에는 귀여운 그림과 함께 이런 내용이 적혀 있었다. '울지 말기-이유 1. 못생겨진다. 2. 울어도 상황이 나아지지 않음. 3. 밥을 못 먹는다. 4. 너 보고 내가 울까 봐.' 이런, 병원 가기 전에 줄 것이지.

'눈물 총량의 법칙' 같은 게 있다면 좋겠다. 깊은 슬픔에 빠진 이가 흘려야 하는 일정량의 눈물이 있는데, 함께 흘린 눈물을 합쳐 총량을 채우고 나면 그 슬픔이 옅어지는 것. 그런 상상을 하며 다른 이들의 슬픔에 함께하는 마음으로 베개에 얼굴을 묻고 조금 더 울었다. 그리고 감당하기 힘든 아픔 속에서 홀로 우는 날 꼭 기억하겠다고 결심했다. 어쩌면 누군가가 나를 위해 함께 눈물을 모으고 있을지도 모른다고, 그러니 곧 괜찮아질 거라고 말이다.

일산 호수공원에 자리를 깔고 누워 메타세쿼이아 나무를 올려다보고 있었다. 마침 평소에도 귀가 닳도록 듣는 막스 리히터의 'On The Nature Of Daylight'가 이어폰을 통해 흐르기 시작했다. 촘촘하고 가지런하게 대칭을 이룬 여린 메타세쿼이아 잎을 뚫어지게 바라보았다. 춤을 추듯 살랑거리고 있었다. 곁에 누워 있는 남편의 팔베개를 하고 누웠다. 아무것도 바랄 게 없었다. 그저 눈앞에 있는 풍경과 들리는 음악에 가슴이 뻐근해지며 벅차올랐다. 그 순간 눈물이 흘러내렸다. 불현듯 눈물이란 세상의 모든 아름다움이 방울방울 흘러내리는 것일지도 모른단 생각이 들었다. 그러니 앞으로 눈물이 더 많아지더라도, 시도 때도 없이 눈물이 터지더라도, 당황하지 말고 기뻐해야겠다. 커트 보니것이 '음악은 그것이 없을 때보다 삶을 더 사랑하게 만든다.'고 했다는데, 나는 음악이란 단어 대신 '눈물'을 넣고 싶다. 함께 흘리는 눈물은 슬픔과 고통을 견디게 해주고, 더 많이 사랑할 기회를 준다. 더 잘 사랑할 수 있게 해 준다.

죽음을 향해 가면서도 살아 있는 지금 이 순간에 충실할 수 있는 힘은 무엇일까? 다 포기하고 싶을 정도의 고통 앞에서도 삶의 경이로움을 선택하게 하는 마음의 원천은? 가족이 떠난 빈자리를 견디게 해주는 건 무엇일까? 설명하기 힘든 놀랍고 신비로운 비밀, 충분히 설명할 수 없어 흥건한 자국으로 남기도 하는 것. 그건 눈물이 키워낸 사랑이 아닐지.

아름다움 수집 미션

슬프고 아름다운 음악을 들어볼까요

영화를 보거나 음악을 듣다 보면, 슬픔과 아름다움이 서로 등을 맞대고 있는 게 아닐까 하는 생각이 듭니다. 드니 빌뇌브 감독의 영화 〈콘택트〉의 원제는 'Arrival'인데요. 이 영화에 나오는 'On The Nature Of Daylight'가 국내 드라마 〈눈이 부시게〉에도 사용되었다고 하네요. '막스 리히터'의 앨범을 검색해 보면 유명한 영화 포스터가 줄줄이 나와 놀라실 거예요. 2020년에 본 〈작가 미상〉이라는 독일 영화의 음악도 참 좋았습니다.

오늘은 막스 리히터의 음악을 여러분께 보냅니다. 삶은 때때로 슬프고 고통스럽지만 눈부신 햇살과 아름다운 음악, 생명력 넘치는 나무들에 기대어 견뎌낼 수 있을 거라 믿습니다. 오늘도 뜨겁게 삶을 부둥켜안으며 사랑하는 날이기를 바라며.

27

쉰,
다시 사랑하기
좋은 나이

20대에 나는 그를 환희의 시선으로 바라봤다. 30대에는 아이들 키우고 각자에게 주어진 역할을 감당하느라 서로를 챙기지 못하고 살았다. 내가 원하는 사랑의 방식과 남편이 사랑하는 방식은 자주 어긋났다. 자기로서는 최선을 다했다고 믿는 남편을 원망하고 밀어낸 적이 많았다. 수시로 삐끗하던 애증 관계가 40대 중반을 넘어서며 조금씩 달라지기 시작했다. 책을 읽으면서 나를 존중하는 법을 배워갔고, 나의 마음을 돌보며 이전과는 다른 시선으로 남편을 바라보게 되었다. 아무리 내가 원해도 변할 수 없는 부분은 깨끗이 포기하고 더는 바라지 않았다. 고비마다 그가 지탱해 준 것을 되새기며 고마워했다. 크고 작은 꿈을 접고 가장으로서 최선을 다한 삶을 존중하려고 노력했다. 그렇게 겨우 서로를 다시 바라보기 시작한 40대의 마지막 겨울. 쉰한 번째 생일을 하루 앞둔 남편이 방광암 진단을 받았다.

방광암은 비교적 고통스럽지 않은 착한 암이라고 했다. 다행히 초기에 발견했고, 남편 말로는 '못생긴 혹 덩어리'만 제거하면 괜찮을 거라고 했다. 그런가 보다 했다가 인터넷에서 방광암 관련 글을 찾아 읽고 공포와 두려움에 사로잡혔다. 2~3분마다 한 번 큰 숨을 내뱉어야 할 만큼 힘들었다. 그동안 내가 했던 말들, 신념, 의지가 진짜였는지 시험받는 기분이 들었다. 언젠가는 감당해야 할 삶의 무게라는 생각을 했지만 버거웠다.

남편은 나를 잘 알았다. 자신이 감당해야 할 병도 병이었지만, 지극히 예민하고 나약한 내가 받을 충격을 어떻게 달랠 것인지가 더 큰 문제였을 것이다. 수술 날짜가 잡히고 두 주 정도 시간이 있었다. 우리는 감정의 오르내림을 최대한 티 내지 않고 철저히 서로를 위한 연기에 몰입했다. 아무렇지도 않은 척, 괜찮은 척, 애써 씩씩한 시늉을 했다.

그러던 어느 휴일. 서로의 온기에 의지하며 함께 책을 읽고 TV를 보고 낮잠을 잤다. 저녁 준비를 하려고 부엌에 나왔다가 거실에 깔아 놓은 러그 위에 잠시 몸을 뉘었다. 오후 햇볕이 따스하게 드는 창가에서 하늘을 쳐다보았다. 눈물 한 방울이 주르륵 흘렀는데 아, 안돼…… 말릴 틈도 없이 어느새 흐느끼고 말았다. 남편에게 들키면 안 된다는 생각이 퍼뜩 들었다. 싱크대 구석으로 자리를 옮겨 웅크리고 고개를 묻었다. 어떻게 알았을까. 남편이 옆에 와서 등을 토닥여주다 가만히 안아주었다. 참았던 눈물을 다 쏟았을 즈음 남편도 울고 있다는 걸 알게 되었다. 둘이 부둥켜안고 한참을 더 울었다. 그가 말했다. "울 수 있게 해 줘서 고마워. 나도 울고 싶었는데, 당신 때문에 참고 있었거든."

훗날 지인들에게 '한바탕 찐한 멜로 영화를 찍었다.'라고 환하게 웃으며 이야기하는 장면이다. 그날 이후 수술실에 들어가기까지 한 번도 울지 않았다. 더 많이 안아주고, 더 자주 사랑을 고백했다. 평소 그렇게 듣고 싶었던 "여보, 사랑해. 당신이 있어서 다행이야. 정말 고마워."라는 말을 30년 만에 몰아 들었다. 나는 남편에게 여러 번 답했다. "이제 여한이 없어. 당신에게 100% 온전한 사랑을 받는 게 꿈이었는데, 이제 그 꿈을 이뤘네! 만세!"

병원을 들어서며 남편 손을 꼭 잡았다. 끝을 알 수 없는 터널 속으로 들어가는 심정이었지만 우리 안에 쟁여둔 빛에 의지했다.

수술 후, 두어 시간마다 소변 통을 비우고, 밥을 먹여 주고, 몸을 닦아주는 일은 전혀 힘들지 않았다. 통증으로 고통스러워하는 얼굴을 보는 게 괴로웠을 뿐이다. 출입구 옆이라 창문이 없어 답답하고 보조 의자 위에서 자는 것이 불편했어도 예상과 달리 마음은 평안했다. 잔잔한 일상에 느닷없이 시련이 찾아왔지만 작은 병실 안에서도 일상은 존재했다. 그렇게 좁은 공간에서 남편과 밀착된 시간을 보낸 건 처음이었다. 남편과 같이 밥을 먹고, 이야기를 나누고, 세수하고 잠을 자는 동안 둘이 함께 있다는 사실만으로 큰 위안을 받았다.

수술이 끝난 후 남편은 극심한 통증에 시달렸다고 한다. 진통제를 맞아도 별 효과가 없었다. 더 강한 진통제를 요청해도 된다는 사실을 모르기도 했지만, 무엇보다 나를 걱정시키고 싶지 않아서 미련하게 참았다고 한다. 남편은 잦아들지 않는 고통과 암 병동 5인실에 고여 있는 죽음의 공포, 밤새 신음하는 환자들 모습에 질려 있었다. 말로는 나의 해맑은 웃음과 수시로 얼굴을 쓰다듬어 주는 손길 덕에 견뎠다고 했지만, 고통을 참느라 얼마나 몸에 힘을 주고 버텼던지 허리와 다리에 근육통이 생겨 절뚝이며 퇴원했다.

남편은 무심한 듯 보여도 정감 넘치는 사람이다. 아이들에게 큰 소리 한 번 낸 적이 없는 순한 사람이다. 스물일곱이라는 어린 나이에 결혼해 가장으로 살아온 세월을 가늠해보며 나는 가슴이 아팠다. 그가 80%를 상회하는 재발률에 가슴 졸이며 남은 생을 살아가야 하는 게 안쓰럽고, 처자식 걱정에 마음껏 쉬지도 못하고 몇 배 더 부담을 느끼며 계속 일해야 하는 게 미안했다. 병원에서 잠든 남편 옆에 앉아 기도하며 생각했다. 지금 우리가 여기 함께 있고 더 사랑할 수 있게 해 주셔서 감사하다고. 지인들의 다정한 응원 문자에 답을 할 때도 마찬가지였다. 매 순간 감사를 선택하기로 마음먹었다.

시아버님이 인화해서 보내주신 우리 부부 사진이 있다. 남편은 그 사진을 일기장에 붙이고 가장자리에 정성껏 그림을 그리기 시작했다. 근사한 액자 모양이었다. 그리고 무어라 끄적이길래 보여 달라고 졸랐다. 그가 써둔 것은 우리가 만난 세월을 기념하는 30주년 기념 헌사였다.

"서로 다른 결을 가진 둘이 만나 힘든 시간을 거쳐 여기까지 왔고, 이제는 편안하고 잘 맞는 우리가 되었다."

남편이 2차 수술을 받기 위해 병원에 입원하던 날, 내 일기는 이렇게 끝난다.

"훗날 기억될 장면들이 아름다움의 기록으로 남기를 기도한다. 질병의 세계는 겨울이었어도 사랑했기에 우리는 봄 같았다고, 그렇게 쓰였으면 좋겠다."

시간이 흐른 뒤, 오늘을 떠올리며 고백하게 될 내 모습이 그려졌다. 모든 게 감사했다고, 덕분에 잘 지나왔다고 고개를 끄덕일 것이다. 그때 내 마음은 잘 있었고 고통 중에 있는 타인의 마음도 잘 있기를 간절히 기도하는 시간이었다고 고백하며 말이다.

8년이라는 긴 시간 암 투병의 고통을 지나온 이해인 수녀님이 그러셨다. '내가 오늘도 기꺼이 안아야 할 행복'은 바로 앞에 있는 모든 것들이라고. 하루하루를 반짝이는 날들로 기억하기 위해 매일 책을 읽는다. 파커 J. 파머가 들려준 희망의 메시지, '가장 힘든 시기에도 우리 안에 가능성은 심어지고 있다.'라는 문장을 가슴에 품고 힘을 낸다. 마음이 무너질 때면 글을 쓴다. 글을 쓰는 동안은 모든 시름이 가만히 물러난다.

쉰의 문턱에서 불시에 닥친 어려움 앞에는 두 갈래 길이 있었다. 슬퍼하고 원망하며 두려움에 허우적거리는 길, 다시 사랑하고 감사하며 함께 헤쳐나가는 길. 다행히 나는 두 번째 길을 선택했다. 나쁜 일은 절대 빈손으로 오지 않는다. 남편의 질병은 다시 제대로 사랑할 기회를 선물로 들고 왔다.

어쩌면 아픈 사람을 돌봐야 한다는 사명감 같은 것에서 시작했을지도 모르겠다. 그러다가 시간이 흐를수록 내 안에 나도 알지 못했던 사랑이 고이고, 마침내 흘러넘치기 시작했다. 50대를 막 시작하며 나는 다시 사랑에 빠졌다. 사랑이라니. 예상치 못한 일이었다. 나는 날마다 사랑을 다시 배운다. 어제보다 오늘 더 많이 사랑하고 싶다. 50대는 다시 사랑하기 좋은 나이다.

다시 사랑할 사람, 다시 사랑할 대상 찾아 적기

돌이켜보면 후회되는 일들이 수없이 많습니다. 왜 그런 말을 했을까 머리를 쥐어뜯게 되고, 그때 꼭 해줬어야 하는 말을 못 해준 게 한이 되기도 합니다. 사랑하는 사람을 외롭게 내버려 둔 적도 있고, 소중한 사람에게 무심코 상처를 준 적도 있습니다. 그렇기 때문에 '다시'는 얼마나 고마운 말인지요.

'다시'에는 여러 가지 의미가 있습니다.

'하던 것을 되풀이해서.' 다시 사랑하고, 다시 고마워하고, 다시 안아주고, 다시 웃어주면 어떨까요. '방법이나 방향을 고쳐서 새로이' 다시 시작하고, 다시 만나보면 좋겠습니다. 그리고 '하다가 그친 것을 계속하여' 다시 마음을 일으키고, 다시 고백을 해 보는 겁니다. '이전 상태로 또' 다시 건강해지고, 다시 행복해져요. '다음에 또' 우리 다시 만나요.

여러분의 '다시' 뒤에는 어떤 말들을 이어 가고 싶으신가요? 여러분이 다시 사랑할 사람들과 대상을 아름다움 수집 노트에 기록해 보세요.

50대로의 다정한 초대

《랩 걸》에서 시작되어
아름다움 수집 일기로 연결된 이야기

　누가 인생 책을 보여 달라고 하면 이 책부터 꺼내 든다. 표지는 낡아 테이프로 감쌌고, 색 띠가 덕지덕지 붙어 있다. 연필, 색연필, 형광펜으로 밑줄을 긋거나 별표를 쳐 놓은 데가 수두룩하고 책 사이사이 메모지가 끼어 있다. 그야말로 손때 묻은 책이다. 필사하고, 요약하고, 발제한 노트는 20여 페이지에 달한다. 책이 나온

2017년 이후, 이 책으로 독서 모임을 한 횟수는 헤아리기 어렵다.

내 독서 인생에 중요한 의미를 지닌 20여 권의 책들이 책상 옆에 가지런히 꽂혀 있다. 그중에서도 《랩 걸》은 각별하다. 호프 자런이 들려주는 식물 이야기는 정겹고 재미있었다. 이 책을 읽고 나서 내 입장에서만 바라보던 나무를 달리 보게 되었다. 나무의 시선으로 나를 바라보고, 자연과 세계를 존중하는 법을 배웠다. 과학자로서 호프 자런이 탁월한 성과를 얻는 과정에서 드러나는, 일에 대한 깊은 애정과 심오한 철학에도 반했다. 호프 자런과 동료 빌의 관계 속에서 서로의 존재를 고양시키는 우정과 신의에 감동했다. 무엇보다 주변의 모든 존재에 경탄하는 능력, 사람들의 관심과 애정을 끌어당기는 이야기 방식에 매료되었다.

《랩 걸》의 아름다운 문장들을 사랑했다. 식물이든 사람이든 따스하고 긴밀한 교감을 나누는 관계를 꿈꾸게 되었다. 그러다 번역가까지 좋아하게 되었다. 처음 이 책을 읽었을 때, 어디 하나 막히는 곳 없는 자연스러운 문장에 놀라 번역가 이름을 찾아보았던 기억이 난다.

나는 언어를 다루는 사람들에게 늘 매혹되고, 번역의 세계에도 관심이 많다. 번역가가 펴낸 에세이를 읽고, 번역가의 강의도 여러 차례 들었다. 그러면서 《랩 걸》을 읽을 때마다 유려한 문장 속에 깃든 번역가의 노고에 주목했다. 2020년 읽은 책 중 최고로 꼽는 타라 웨스트오버의 《배움의 발견》 역시 번역가 이름만으로 신뢰하며 읽었던 책이다. 작품에 누가 될까 봐 번역 후기를 쓰지 않는다는 것, 책과 관련된 용어를 조사하며 공부한 노트 사진, 통찰력 넘치는 책 소개 글을 보며 '김희정'이란 이름을 마음에 새기게 되었다.

2020년 7월, 한 백화점 문화센터에서 강의를 의뢰받았다. 공들여 강의안을 준비했는데, 신청자가 한 명뿐이라 폐강되었다. 낙담했지만 그 한 사람이 누구인지 궁금했고, 어떻게든 고마움을 전하고 싶었다. 개인 정보 보호 때문에 알 방도가 없었다. 인스타그램에 공지했다. '단 한 명의 신청자를 찾습니다. 그분을 위한 라이브 방송을 진행합니다.' 처음에는 창피했다. 하지만 주저앉아 자괴감에 시달리고 싶지 않았다. 나를 일으켜 세울 실제 행동이 필요했다. '이 나이에 뭘?' 나이를 핑계 대며 주저하거나, '내가 어떻게?' 지레 겁먹고 포기했던 일들이 얼마나 많았던가. 라이브 방송에 도전하는 건 큰 용기가 필요했지만 일단 해보기로 했다.

세상에는 성공담이 넘쳐난다. 나는 실패담도 아름다울 수 있다는 걸 보여주고 싶었다. 남들만큼 열심히, 때로는 있는 힘을 다해 달리는 데도 오히려 뒤처지는 기분이 들 때, 아무리 노력해도 잘 안 될 때, 성과나 보람이 없을 때, 그 슬픔과 좌절감을, 아닌 척하지 않고 드러내는 사람이 되고 싶었다. 공개적으로 글을 쓰며 자신을 위로했다. 누군가에게 격려받고 싶어서 그랬는지도 모른다.

시간이 흐를수록 나를 지켜보는 사람들이 많다는 걸 알게 되었다. 나의 분투를 알아보는 사람도 있었다. 자신 또한 그런 시간을 거쳐 왔기 때문일 것이다.

방송은 생각보다 재미있었다. 시와 소설, 그림책 이야기를 전했다. 그 일이 새로운 가능성의 씨앗이 되었다는 걸 이 책을 마무리할 때쯤 알게 되었다.

방송이 끝난 뒤, 김희정 번역가님의 문자를 받고 깜짝 놀랐다. 방송이 정말 좋았다고, 시를 읽는 새로운 방법을 만났고, 책을 단순한 재미 아니면 지식을 얻는 대상으로만 대했는데, 덕분에 책에서 또 다른 재미와 치유를 얻을 수 있다는 걸 배웠다는 내용이었다. 가슴이 요동쳤다. SNS를 통해 처음 인사를 나누었고 서로의 글을 관심 있게 보고는 있었지만 방송을 통해 연락이 직접 닿을 줄은 몰랐다. 이후 방송에서 소개한 《철학자와 늑대》로 다시 독서 모임을 열었고 그 자리에도 함께하면서 교류를 이어나갔다. 시간이 흐르는 동안 번역가님의 호칭은 선생님으로, 마음속 호칭은 '다정한 50대 영국 언니'로 달라졌다.

2020년 11월 15일 새벽 12시 30분. 두 여자가 온라인 화상 채팅에 접속했다. 정겨운 수다가 시작되었다. 50대 두 여자는 서로의 근황을 주고받다가 나이에 대한 이야기를 나누었다. 50대는 비교적 시간의 여유를 확보할 수 있고, 우선순위가 변화하면서 조금은 자유로워졌다고, 그런 나이여서 좋다고 50대 언니가 말했다.

무엇을 오래 지속한 끝에 쌓이는 성과가 보이는 시기이기도 해서 그런대로 참 괜찮은 나이라고도 했다. 50대 언니는 자신감 없어 불안에 떨고, 정체된 느낌에 괴로워하고, 꿈을 이루지 못할까 봐 노심초사하고, 노화에 대한 두려움에 떠는 3~40대 후배들에게 해주고 싶은 말이 많다고 했다. 후배들에게 나이 듦에 대한 기대감을 심어주고, 응원해주고 싶은 마음을 오래 품어왔다고 했다.

50대 동생은 감동에 겨워 이런 주옥 같은 이야기를 많은 후배에게 들려달라고 졸랐다. 둘은 모임 계획을 세웠다. 초인적인 노력으로 특별해진 사람이나 비범한 능력으로 대박 난 이들이 돋보이는 세상이지만, 평범한 삶을 살아온 언니들이 해줄 수 있는 '최선의 노력'에 대한 이야기로 후배들을 보듬고 싶었다. 그렇게 '50대 두 여자의 다정한 초대' 모임을 열었고, 30여 명이 온라인을 통해 한자리에 모였다.

자신을 규정하는 생각의 틀을 깨고 크고 작은 도전을 해보기, 내가 누구인지를 이해하려고 노력하기, 무엇이 되는가보다 어떻게 사는가에 초점을 맞추며 살아가기, 타인과 외부의 권위에 나를 내어주지 않기, 자유로움을 추구하며 살기, 혼자여도 괜찮은 순간을 향해 나아가기, 하루하루를 잘 살아내기, 세상 속에서 내가 서 있는 자리를 이해하기 위해 노력하기, 어떤 일도 나 자신보다 소중하지 않다는 걸 잊지 말기, 우리가 해내는 일상적인 일의 소중함과 반복의 위대함을 스스로 인정해주기, 꿈꾸기를 멈추지 말기.

두 여자가 대화를 나누는 동안 빼곡하게 화면을 채운 얼굴들이 말없이 고개를 끄덕이고, 눈물을 몰래 닦고, 이야기에 몰입했다. 특히 이미 저명한 번역가임에도 주부라는 정체성을 자랑스럽게 여긴다는 말에 크게 위로받았다. 생계형 번역가라고 자신을 소개하는 50대 언니의 겸손함에 놀랐다. 자녀와 남편과의 관계를 새로운 시각으로 바라보며 좀 더 자신을 사랑하고 존중하기 위해 애쓰자는 말에 깊이 공감했다.

50대 동생은 자유롭고 까칠하고 솔직하게 살자고 부추기며, 참가자들을 웃기는 데 주력했다. 여전히 분투하며 살고 있지만 나답게 산다는 게 뭔지 이제야 감이 잡히는 50대가 참 괜찮다고 얘기해 주었다. 초대의 자리였지만 50대 두 여자는 동생들의 환대에 오히려 힘을 얻었다.

그 모임을 계기로 50대 북클럽이 꾸려졌다. 더 멋진 60대를 위해 오늘을 충실히 사는 멋진 50대 여섯 명이 모였다. 부담 없이 책을 읽고, 추천한 영화를 보고, 관련 책들을 찾아 소개하고, 음악을 함께 듣는다. 리더도, 회비도, 과제도 없다. 책, 영화 등을 매개로 실제 자신의 삶을 관통하며 나온 이야기들을 나눈다. 시종 진중하면서도 유쾌하다. 편견을 점검하고, 새로운 시선을 장착하며, 나이 듦의 미덕을 기리고, 배움의 발견에 기뻐하는 모임은 각자의 일상 속에서 더 깊은 사유로 이어진다. 모임의 목적은 단순하고 명확하다. 50대의 좋은 롤 모델이 되는 것. 잘 살아내는 모습을 보여주는 것.

언젠가는 좋은 날이 올 거야, 더는 이 말을 쓰지 않는다. 아무리 기다려도 오지 않는 것이 있고, 기대하지 않았는데 오는 선물도 있다. 기다린 적도 없는데 기어코 찾아오는 일도 많다. 중요한건 지나온 그때도, 언젠가 맞닥뜨릴 그 날도 아닌, 오늘이다. 그러니 매일매일 기다림의 씨앗을 여러 개 뿌리면서 살면 된다. 어느날 삐죽 돋아난 사랑이, 작은 보람이, 뜻밖의 인연이나 열매가 나타나기도 하니까.

오늘을 좋은 날로 만드는 비결도 단순하다. 쉴 새 없이 작고 사소한 행위들을 성의 있게 반복하는 것이다. 기다림을 시작하고, 기다림을 이어가고, 기다렸던 일을 맞으면 된다. 지금 우리에게 필요한 건 일상 속에서 작은 움직임들을 유지해나가는 것이다.

뭔가 근사해 보이고 큰 의미를 담고 있어야만 하는 건 아니다. 아이의 생존을 책임지며 먹이고 씻기고 입히는 일, 쓸고 닦고 치우는 일, 읽고 듣고 배우는 일, 내 몸을 돌보는 일, 모두 중요하다. 자신이 원하는 다음 단계로 나아가기 위해서라면 지금 여기서 반드시 해내야 하는 과업이 있다. 오늘을 충실히 살아내는 것이다. 그 일이 무의미해 보이고 지겨워질 때, 그 시간을 먼저 거쳐 간 사람들의 말은 힘이 될 것이다.

'당신이 하는 모든 일은 중요하고, 가치 있고, 의미 있다. 당신이 하는 일이기 때문이다.' 우리가 이런 말들을 서로에게 들려줄 때, 조금은 더 힘을 내고, 다시 시작하고, 정성껏 하게 되리라 믿는다.

《아름다움 수집 일기》를 장식할 첫 장 이야기를 듣고 가슴이 벅찼다. 김희정 선생님의 추천사는 이 책을 만나기 위한 나의 오랜 '기다림의 끝'이자, 이 책을 읽고 있는 당신과 나, 이 책으로 연결될 모든 이들의 '시작'이 되어줄 것이다.

지난겨울 선생님과 함께 열었던 '50대 두 여자의 다정한 초대' 덕분에 나는 50대가 된 것을 자랑스럽게 여기게 되었다. 다정하고 사려 깊게 나이 들어가는 사람들의 연대에 더 많은 이들을 초대하고 싶어 이 책을 썼다. 독자들이 저마다 고유한 이야기 씨앗을 심는 모습을 그려본다. 책으로 연결된 우리가 울창한 숲이 되는 풍경을.

이제야 수도 없이 읽은 문장의 의미를 알겠다. 나는 새로운 기다림을 시작한다. 오늘도 사랑할 준비를 한다.

> 모든 시작은 기다림의 끝이다. 우리는 모두 단 한 번의 기회를 만난다. 우리는 모두 한 사람 한 사람 불가능하면서도 필연적인 존재들이다. 모든 우거진 나무의 시작은 기다림을 포기하지 않은 씨앗이었다.
>
> ―호프 자런,《랩 걸》, 알마

부록

북 코디네이터의
아름다운 책 목록

프롤로그

《열두 개의 달 시화집 六月 이파리를 흔드는 저녁바람이》 윤동주 외 지음, 에드워드 호퍼 그림, 저녁달고양이

01 고양이를 사랑하는 사람

《나는 있어 고양이》 김영글·김화용·우한나·이두호·이소요·이수성·정은영·차재민, 돛과닻

《그리운 메이 아줌마》 신시아 라일런트 지음, 햇살과나무꾼 옮김, 사계절

02 작고 귀여운 친구들

《내가 살아야 할 생을 잘 살아서 기쁘다》 엘리자베스 M. 토마스 지음, 최유나 옮김, 홍익출판사(2021년 4월 《품위 있게 나이 든다는 것》으로 개정 출간됨)

《진심의 공간》 김현진 에세이, 자음과모음

03 연필이 품은 단어

《라면을 끓이며》 김훈 산문, 문학동네

《여름은 오래 그곳에 남아》 마쓰이에 마사시, 김춘미 옮김, 비채

《마음 챙김의 시》, 〈연필〉 W.S.머윈, 류시화 엮음, 수오서재

04 필사 노트에 쌓이는 유산

《나와 마주하는 시간》, 〈뒤처진 새〉, 라이너 쿤체 지음, 전영애·박세인 옮김, 봄날의책

《울고 들어온 너에게》, 〈울고 들어온 너에게〉 김용택 시집, 창비

《내가 사모하는 일에 무슨 끝이 있나요》, 〈우리는 서로에게〉, 문태준, 문학동네

《아름다운 실수》코리나 루켄 지음, 김세실 옮김, 나는별
《어린 나무의 눈을 털어주다》올라브 하우게, 임선기 번역, 봄날의책
《천 개의 아침》, 〈하나의 세계에 대한 시〉, 메리 올리버, 민승남 옮김, 마음산책

05 아름다운 시선, 그림책
《거리에 핀 꽃》존아노 로슨 기획, 시드니 스미스 그림, 국민서관
《괜찮을 거야》시드니 스미스 글 · 그림, 김지은 옮김, 책읽는곰

06 그림을 그리며 사랑하며
《풍경의 깊이-강요배 예술 산문》강요배 글 · 그림, 돌베개
《자연, 그 경이로움에 대하여》레이첼 카슨 지음, 표정훈 옮김, 에코리브르

07 순간과 영원을 붙드는 사진
《존 버거의 글로 쓴 사진》존 버거, 김우룡 옮김, 열화당

09 혼자만 알고 싶었던 시
《시인의 집》전영애 지음, 문학동네

10 책을 읽다 떠오르는 사람
《랩 걸》호프 자런, 김희정 옮김, 알마
《스토너》존 윌리엄스 장편소설, 김승욱 옮김, 알에이치코리아
《노란 불빛의 서점》루이스 버즈비 지음, 정신아 옮김, 문학동네

12 우리가 살아낸 시간의 얼굴
《내 마음의 무늬》, 〈시간의 얼굴〉, 오정희 산문집, 황금부엉이
《고맙습니다, 선생님》패트리샤 폴라코 글 · 그림, 서애경 옮김, 아이세움

《100 인생 그림책》하이케 팔러 글, 발레리오 비달리 그림, 김서정 옮김,
　　사계절

13 위대한 살림가들
《박완서의 말》박완서, 마음산책, 공지영과 인터뷰한 글

14 내 몸을 존중하는 요가
《끝과 시작》비스와바 쉼보르스카, 최성은 옮김, 문학과지성사
《몸의 일기》다니엘 페나크 장편소설 , 조현실 옮김, 문학과지성사
《아픈 몸을 살다》아서 프랭크, 메이 옮김, 봄날의책
《살갗 아래》토머스 린치 외 지음, 김소정 옮김, 아날로그
《요가 매트만큼의 세계》글·그림 이아림, 북라이프

16 창밖의 세계
《야생의 위로》에마 미첼, 신소희 옮김, 심심
《자기만의 방》버지니아 울프, 이미애 옮김, 민음사
《혼자 책 읽는 시간》니나 상코비치 지음, 김병화 옮김, 웅진지식하우스

17 내면 산책
《모든 것의 가장자리에서》파커 J. 파머, 김찬호·정하린 옮김, 글항아리
《걷기예찬》다비드 르 브르통 산문집, 김화영 옮김, 현대문학

18 나의 미루나무
《그 많던 싱아는 누가 다 먹었을까》박완서, 웅진출판
《내가 사랑하는 나무의 계절》크리스 버터워스 지음, 샬롯 보아케 그림,
　　박소연 옮김, 달리

《마음 챙김의 시》, 〈나무들〉 필립 라킨, 류시화 엮음, 수오서재
《겨울 떡갈나무》 유리 나기빈 단편집, 김은희 옮김, 한겨레아이들

19 나를 되찾는 여행
《너 없이 걸었다》 허수경 에세이, 난다
《그들을 따라 유럽의 변경을 걸었다》 서정 지음, 모요사
《이것이 인간인가》 프리모 레비 지음, 이현경 옮김, 돌베개

20 반짝이는 말 수집, 표준국어대사전
《도토리시간》 이진희 그림책, 글로연
《바닷가 탄광 마을》 조앤 스워츠 글, 시드니 스미스 그림, 김영선 옮김,
　　　국민서관
《글쓰는 여자의 공간》 타니아 슐리, 이봄

21 문학의 힘
《바다 사이 등대》 M. L. 스테드먼 장편소설, 홍한별 옮김, 문학동네
《올리브 키터리지》 엘리자베스 스트라우트 소설, 권상미 옮김, 문학동네

22 마음이 허기진 날엔 쌀국수
《나는 그것에 대해 아주 오랫동안 생각해》, 〈파리살롱〉, 김금희 짧은소설,
　　　마음산책

23 글쓰기, 나의 총합
《이 작은 책은 언제나 나보다 크다》, 줌파 라히리, 이승수 옮김, 마음산책
《시집살이 詩집살이》 김막동 · 김점순 · 도귀례 · 박점례 · 안기임 · 양양금 ·
　　　윤금순 · 조남순 · 최영자, 북극곰

《나의 글로 세상을 1밀리미터라도 바꿀 수 있다면》메리 파이퍼 지음, 김
　　정희 옮김, 티라미수

24 진심의 공간
《아스트리드 린드그렌》마렌 고트샬크 지음, 이명아 옮김, 여유당
《산적의 딸 로냐》아스트리드 린드그렌 글, 일론 비클란드 그림, 이진영
　　옮김, 시공주니어
《사자왕 형제의 모험》아스트리드 린드그렌 장편동화, 일론 비클란드 그
　　림, 김경희 옮김, 창비

25 손으로도 전할 수 있는 것
《피프티 피플》정세랑 장편소설, 창비
《A가 X에게 편지로 씌어진 소설》존 버거, 김현우 옮김, 열화당
《산책을 듣는 시간》정은 장편소설, 사계절

26 타인을 위한 눈물 총량의 법칙
《죽음과 죽어감》엘리자베스 퀴블러 로스 지음, 이진 옮김, 청미
《모친 상실》에노모토 히로아키 지음, 박현숙 옮김, 청미
《무릎 딱지》샤를로트 문드리크 글, 올리비아 탈레크 그림, 이경혜 옮김,
　　한울림어린이
《슬픔을 공부하는 슬픔》신형철 산문, 한겨레출판사
《슬픔을 건너다》홍승연, 달그림
《애도 일기》롤랑 바르트 지음, 김진영 옮김, 이순
《새벽 4시, 살고 싶은 시간》신민경 지음, 책구름

에필로그

《배움의 발견》 타라 웨스트오버 지음, 김희정 옮김, 열린책들
《철학자와 늑대》 마크 롤랜즈 지음, 강수희 옮김, 추수밭

• 서명, 저자명, 옮긴이 등은 각각 책 표지에 적힌 표기를 따랐습니다.
• 한 번 이상 언급되는 책은 처음 나오는 곳에 표기했습니다.

아름다움 수집 일기

1판 1쇄 발행 2021년 6월 17일 **1판 4쇄 발행** 2023년 9월 15일

지은이 이화정
펴낸이 정태준
편집장 자현

디자인 urbook
마케팅 안세정

펴낸곳 책구름 **출판등록** 제2019-000021호
팩스 0303-3440-0429 **전자우편** bookcloudpub@naver.com

ⓒ이화정 2021

ISBN 979-11-974889-0-0 03810